跟唄學日語文法

シャドーイングで文法を!!

全MP3一次下載

https://globalv.com.tw/mp3-download-9786269916061/

掃描QR碼進入網頁（須先註冊並保持登入）後，按「全書音檔下載請按此」，
可一次性下載音檔壓縮檔，或點選檔名線上播放。
全MP3一次下載為zip壓縮檔，部分智慧型手機須先安裝解壓縮app方可開啟，
iOS系統請升級至iOS 13以上。
此為大型檔案，建議使用WIFI連線下載，以免占用流量，並請確認連線狀況，以利下載順暢。

前言

　　由衷感謝您拿起這本書！許多人不僅對日語感興趣，並想要開始學習，這對我來說是件非常開心和感謝的事。

　　我為了「生產」這本書，首先我翻了土，然後把我的電腦種在農地裡，天天灌溉並給予其養分及充足的日曬…，等看到它發芽的時候，我感動得痛哭流涕。因為在過程中我持續不斷地施予肥料，好不容易等到它開花結果，採收清洗之後，終於迎來了出貨上架可以讓大家品嚐這本文法書的光輝時刻！個人建議，本書請勿燒烤及烹調，生鮮的狀態比較方便閱讀，並請保存於常溫的書架或書桌上。若是放在冰箱的冷藏室或冷凍庫的話，反而會對它的鮮度造成影響喲！

　　一方面抱持著農家鋤禾日當午，汗滴禾下土的心情，一方面說出來給大家笑一下。我打算在老家富士山山腳下的茶園裡，一邊流露出溫暖燦爛的微笑，一邊把自己生產的書抱在懷裡，拍一張「這是我生產的噢！」這種意象的照片做為紀念。

　　學習外語雖然不簡單，但同時也非常有趣。能接觸到新的文化和思想，也可以和外國朋友聊聊天，更深入地享受從所未有的體驗過。我自己在學生時代學習了英語和西班牙語，並前往歐洲進行了為期一個半月的背包旅行。大學畢業後，我從只能說「你好」的程度開始自學中文，目前已經能用中文與他人溝通無礙。但儘管如此，我還有許多不熟悉的詞彙，由此可見，語言的學習亦是學無止盡的。

　　我既是一名日語教師、同時也是一名學習外語的學生。因此，

我一直從學生和教師的雙重視角，不斷探索有效的學習方法。

　　我在本書中所設定的目標為讓想要自學日語的學生在閱讀後能夠易懂並且實用！本書以日語的普通形為中心，網羅了日本語能力測檢（JLPT）N5的文法。雖然N5是日語最初級的程度，但只使用N5的文法也能夠展現出比人們想像中更豐富的表達。此外，本書還羅列出許多日本人實際上真正會使用到的表達例句，且這些例句還包含了在母語者的口語中不易察覺的文法結構，有助於您紮實建立日語造句的基礎支柱。

　　希望本書能成為您開始享受學習日語的契機，亦祝您學習愉快！

筆者　渡邊紘人

使用說明

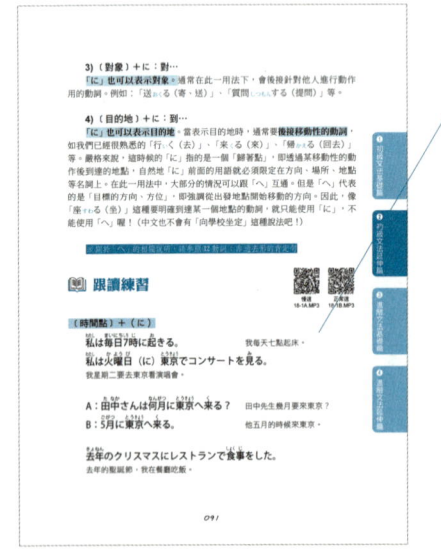

文法說明

以簡明的文脈與部分圖片解說日語文法概念，閱讀時請特別注意配合提示的例句，掌握文法實際使用的情況。

說明文中的出現的日文假名

在說明文裡的日語句子中，當漢字的右下角出現一些有顏色的小假名時，該假名指的是前方漢字的標音。例如：「私わたしは～と申もうします」這句話，「わたし」是「私」的標音，而「申」則是「もう」的標音。

跟讀練習

透過特別設計的句子組合，一邊聽音檔、一邊跟著唸，就等於反覆運用特定的文法概念，唸著唸著就能養成日文語感。一開始請使用慢速的檔案，如果跟不上的話，可以先聽完一句之後，暫停播放音檔並重覆朗誦一次，熟悉之後再練習跟著音檔同時唸，並且挑戰用正常速跟讀。同時，也請注意同組句子之間的差異，並透過跟讀熟悉句型變換的模式。

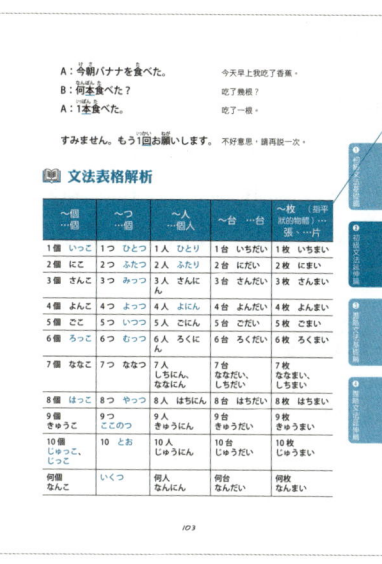

文法表格解析

將核心句型以表格方式呈現，視覺化呈現句型結構，不用死背規則，也能一眼看懂文法的架構。也可以嘗試替換表格中的詞彙，創造更多不同的句子。

文法小提醒

針對文法的細節與注意事項，提供額外的說明。閱讀這個部分，可以對文法概念有更完整的了解。

使用說明

進階跟讀挑戰

每個單元的最後，提供進階句子跟讀，除了活用該單元學習的文法以外，也訓練讀者逐步適較長的句子內容，對於準備 JLPT 考試中的聽解也很有幫助。

關於線上音檔

書中在「跟讀練習」及「進階跟讀挑戰」單元裡出現的例句皆有錄音（※ 標有（×）的錯誤比較句除外），其他部分的例句則無錄音。在「跟讀練習」單元中，準備了慢速唸讀及正常速唸讀兩種模式，而到了「進階跟讀挑戰」的單元之後，便開始有「慢速分段」、「慢速連續」及「正常速連續」，其中「慢速分段」提供適當段落分句的音檔，在唸完一部分之後，會有較長的靜音時間。讀者可以練習先聽朗讀之後，在靜音時重新唸一遍，熟悉後再嘗試同時跟音檔一起唸。建議可以先在這個模式跟述聽讀，等熟悉之後，便可逐步挑戰「慢速連續」及「正常速連續」，品嘗完成日語聽力的成果。（遇到句子中有（　）的部分，會先唸一次沒（　）的，然後再唸一次有（　）的句子）

目錄

第一階段：初級文法基礎篇

- 首先了解日語肯定、否定等構句，靠這 11 個單元打下日文基礎中的基礎

1. 名詞：非過去形的肯定句及否定句 p.12

2. 名詞：過去形的肯定句及否定句 p.18

3. 形容詞：非過去形的肯定句及否定句 p.23

4. 形容詞：過去形的肯定句及否定句 p.27

5. 形容詞：修飾名詞 p.31

6. 比較 p.35

7. 變化 p.39

8. 名詞及形容詞的禮貌形 p.43

9. 名詞及形容詞禮貌形的疑問句 p.48

10. 名詞及形容詞普通形的疑問句 p.52

11. 疑問詞 p.56

目錄

第二階段：初級文法延伸篇

- 讓最多人在學習日文時陣亡的動詞變化變得簡單易懂，並且學會構句時最需要的基本助詞及量詞

12.	動詞：非過去形的肯定句	p.63
13.	動詞：〜する	p.67
14.	動詞：辭書形與ます形（禮貌形）及疑問句	p.70
15.	動詞：過去形（た形）的肯定句	p.77
16.	動詞：非過去形及過去形的否定—ない形	p.82
17.	邀約及勸誘	p.86
18.	助詞（一）－與に相關	p.90
19.	助詞（二）－與と相關	p.95
20.	量詞（一）	p.101
21.	量詞（二）：計算時間及頻率的單位	p.107

第三階段：進階文法基礎篇

- 透過中文理解主詞不再鬼打牆，弄清大、小主語之差異及培養更多元的表現實力

22. 助詞：「は」與「が」..p.114
23. 助詞：「は」..p.118
24. 助詞：細說「を」與「が」..p.122
25. 欲望..p.127
26. 授受動詞（一）..p.131
27. 連接詞..p.137
28. 理由、原因..p.142
29. 指示不確定的人、事、物、地點⋯..........................p.146
30. 表達「目的」..p.150
31. 提議..p.154

目錄

第四階段：進階文法延伸篇

- 文法實力開始大攀升，加強各類文法完美等同 JLPT N5 以上的表現能力

32.	順序（一）	p.158
33.	表示現在進行、習慣、結果的狀態	p.163
34.	授受動詞（二）	p.168
35.	名詞化	p.175
36.	順序（二）	p.179
37.	經驗	p.184
38.	列舉	p.188
39.	順序（三）	p.193
40.	同時進行	p.198
41.	動詞：修飾名詞	p.203
42.	委託、推薦	p.210
43.	允許	p.216
44.	規則（禁止）	p.221
45.	條件、假設（一）	p.225
46.	條件、假設（二）	p.230
47.	條件、假設（三）	p.235

初級文法

基本文法
きほんぶんぽう

第一階段：初級文法基礎篇
單元 1-11

第二階段：初級文法延伸篇
單元 12-21

1 名詞：非過去形的肯定句及否定句

「AはBだ」是名詞句，指「A是B」的意思，是日語中最基礎的一個文法句型，原則上句型中的「A、B」都是使用名詞。句型中的「Aは」是個在中文裡無法翻譯出來的文法，它有提示「A」是一個主題，**並預告著接下來提到的內容將是與A相關**。但請注意的是，**這時候的「は」讀音不是「ha」，而是「wa」**。接著句尾的「Bだ」則是意指「是B」的概念。

接著再來認識幾個表達句型，日語的「も」表示「也」的意思，如果將「Aは」替換成「Aも」的話，那意思就變成了「A也…」。另外還有「AのB」，則表示「A是B」的意思，「の」的概念基本上與中文的「的」相同。

「AはBだ」除了能表示「A是…」之外，亦可表示「A在…」的意思，是表示存在地點的最簡單表達方式。皆可以應用於人或物的位置表示。在這個前提之下，「AはBだ」句型中的「B」一定是個表示場所、方位等的名詞。

要談到名詞句的否定時，就要使用「AはBではない」的文法句型，當然就是「A不是B」的意思。注意在句尾的「ではない」中，「は」的讀音也是要唸成「wa」。另外否定句結尾也可以說「Bじゃない」，但這是口語的說法。

跟讀練習

慢速 01-1A.MP3　正常速 01-1B.MP3

肯定句「AはBだ」

私は台湾人だ。　　　　　　　我是台灣人。
山田さんは学生だ。　　　　　山田是學生。
これは鈴木さんの帽子だ。　　這個是鈴木先生的帽子。

肯定句「AはBだ」（指示存在地點）

ここは会議室だ。　　　　　　　　　這裡是會議室。
山田さんは会議室だ。　　　　　　　山田先生在會議室。
《×》会議室は山田さんだ。
私のスマホはテーブルの上だ。　　　我的手機在桌上。
《×》テーブルの上は私のスマホだ。

※請注意！反過來將地點當作主題「Aは」，再將某人或物當作「Bだ」來指示是錯誤的日語表達方式喔！

肯定句「AはBだ」，再加追「AもBだ」的使用

鈴木さんは25歳だ。佐藤さんも25歳だ。
鈴木先生是25歲，佐藤先生也是25歲。

否定句「AはBではない」及「AはBじゃない」

私は医者ではない。＝私は医者じゃない。　　　我不是醫生。
山田さんは３８歳ではない。＝山田さんは３８歳じゃない。
山田先生不是38歲。
あの人は鈴木さんではない。＝あの人は鈴木さんじゃない。
他不是鈴木先生。

📖 文法表格解析

・學習日語的基本數字

一	十	百	千	万
1 いち	10 じゅう	100 ひゃく	1000 せん	1万 いちまん
2 に	20 にじゅう	200 にひゃく	2000 にせん	2万 にまん
3 さん	30 さんじゅう	300 さんびゃく	3000 さんぜん	3万 さんまん
4 よん／し	40 よんじゅう	400 よんひゃく	4000 よんせん	4万 よんまん
5 ご	50 ごじゅう	500 ごひゃく	5000 ごせん	10万 じゅうまん
6 ろく	60 ろくじゅう	600 ろっぴゃく	6000 ろくせん	100万 ひゃくまん
7 なな／しち	70 ななじゅう	700 ななひゃく	7000 ななせん	1000万 せんまん
8 はち	80 はちじゅう	800 はっぴゃく	8000 はっせん	203万 にひゃくさんまん
9 きゅう／く	90 きゅうじゅう	900 きゅうひゃく	9000 きゅうせん	2万3000 にまんさんぜん

在日語中，我們要看後面加的是什麼樣的量詞，才能確定會怎麼變音。

歲	円（日元）	元（台幣、人民幣）
1歳　いっさい	1円　いちえん	1元　いちげん
2歳　にさい	2円　にえん	2元　にげん
3歳　さんさい	3円　さんえん	3元　さんげん
4歳　よんさい	4円　よえん	4元　よんげん
5歳　ごさい	5円　ごえん	5元　ごげん
6歳　ろくさい	6円　ろくえん	6元　ろくげん
7歳　ななさい	7円　ななえん	7元　ななげん
8歳　はっさい	8円　はちえん	8元　はちげん
9歳　きゅうさい	9円　きゅうえん	9元　きゅうげん
10歳　じゅっさい、じっさい	10円　じゅうえん	10元　じゅうげん
20歳　はたち、にじゅっさい		

📖 文法小提醒

・關於稱呼

　　一般來說，用日語稱他人的姓名時，會在姓名之後加上「さん」表示敬意，它相當於中文「…先生／小姐」的意思。若稱呼他人姓名卻不加上「さん」時，會讓人聽起來覺得是有點草率且不尊敬對方的語氣。但需注意的是，**在提及自己的姓名時，後面不可以加「さん」**喲！因為這樣聽起來會有感覺你很尊崇自己（彰顯自己的地位），態度相當地傲慢。

　　除此之外，在自我介紹時，除了「私ゎたしは～です」之外，也常常使用「私ゎたしは～と申もぅします」的句型表達。

私ゎたし**は田**た なか**中です。**　　　　　　　　　　　我是田中。

《×》私ゎたしは田た なか中さんです。

私は田中と申します。　　　　　　　　　我叫田中。
《×》私は田中さんと申します。

※再次注意！自報姓名時不可以在自己的名字後加上「〜さん」喲！

・日語的指示代名詞

　　「これ」、「それ」、「あれ」是日語中表示事、物的指示代名詞。「これ」是指「這個」、「それ、あれ」則是表示「那個」，但使用上有所不同，以下茲將「それ」及「あれ」兩者分成下述兩點加以說明：

1) 「それ」指示的是離話者比較近的物品，「あれ」是離話者比較遠的物品。
2) 「それ」指示的是位於對方身邊的物品，「あれ」是不在話者和聽者身邊的物品，可能是在第三者身邊，或者週遭無人的東西。

　　「この」、「その」、「あの」分別是表示「這…」與「那…」的指示代名詞，它可以後接具體的人、事、物加以指示，故後面一定要搭配名詞使用。反之，剛剛提到的「これ」、「それ」、「あれ」，則不能在後面直接搭配名詞使用。

　　表示地點的指示代名詞為「ここ」、「そこ」、「あそこ」，它們分別是指「這裡、那裡」的意思。「ここ」是指「這裡」、「そこ」及「あそこ」是指「那裡」的概念。

　　這裡可以舉一反三，不論是「その」、「あの」還「そこ」、「あそこ」之間的遠近差別，都與上述「それ」及「あれ」的概念是一模一樣的。

これはパソコンだ。　　　　　　　　　這是電腦。

《×》このはパソコンだ。

このパソコンは山田さんのだ。　　　　這台電腦是山田先生的。

《×》これパソコンは山田さんのだ。

進階跟讀挑戰

❶ これは会社のパソコンだ。私のパソコンではない。

這是公司的電腦,而不是我的電腦。

❷ このかばんは私のではない。あのかばんも私のではない。

這個包包不是我的,那個包包也不是我的。

❸ 私のスマホは3万円だ。佐藤さんのも3万円だ。

我的手機是三萬日圓,佐藤先生的也是三萬日圓。

❹ 山田さんは東京の高校の英語の教師だ。

山田先生在東京的高中做英文教師。

❺ 私の妹の帽子はこの赤いのではない。

我妹妹的帽子不是這個紅色的。

❻ あの小さいのは子供用のギターだ。

那把小的是小朋友用的吉他。

② 名詞：過去形的肯定句及否定句

　　日語文法中有時態的變化，例如上一個單元我們提到過的「AはBだ」是屬於非過去形（現在未來形）的肯定句，而本單元要講的「AはBだった」則是過去形的肯定句。在日語中，有許多的情況會需要應用到過去形來表達。但在這個單元中，首先我們要先來習慣表述「要講過去時間點發生的事情」這個最基本的使用方法。

　　要注意的是，這時候的過去形單純描述過去「那時候」的事情而已，不一定代表「和現在的情況不一樣」。也就是說**可能情況已經改變了，也有可能情況至今依舊如故皆屬之**。

　　為了要同步進行本單元的練習，我們也來認識一下「～から」及「～まで」這兩個助詞。**「～から」是「從…」的意思，它表示起點**，當前面搭配時間點時，就代表開始的時間；**「～まで」是「到…」的意思，它表示終點**，前面搭配時間點時，就代表結束的時間。

　　「～から、～まで」主要表示的是範圍，除了開始時間和結束時間之外，考試範圍、移動範圍（出發點和目的地）等，都可以加以套用。

　　一樣，我們也要學習表示過去形的否定句該如何使用。「～ではない」的過去形是改成「～ではなかった」，口語的「～じゃない」就改成「～じゃなかった」即可，而這個「なかった」就是「ない」的過去變化。

📖 跟讀練習

慢速 02-1A.MP3　　正常速 02-1B.MP3

過去形的肯定句「AはBだった」

昨日（きのう）は雨（あめ）だった。　　　　　昨天是下雨天。

018

このカメラは3万5千円だった。　　　這台相機是三萬五千日圓。

肯定句「AはBだった」

昨日は10時まで残業だった。　　　昨天加班加到了十點。

先週は木曜日から日曜日まで休みだった。
上週從星期四到星期天是休假日。

午前の試験は教科書の10ページから13ページまでだった。
上午考試的範圍是從課本的第十頁到第十三頁。

否定句「AはBではなかった」

6月2日は休みではなかった。＝6月2日は休みじゃなかった。
六月二號不是假日。

おとといの試験は10時からではなかった。
　＝おとといの試験は10時からじゃなかった。
前天的考試不是從十點鐘開始。

📖 文法表格解析

我們來學習在時間、日期上的數字應用：

月			
1月　いちがつ	2月　にがつ	3月　さんがつ	4月　しがつ
5月　ごがつ	6月　ろくがつ	7月　しちがつ	8月　はちがつ
9月　くがつ	10月　じゅうがつ	11月　じゅういちがつ	12月　じゅうにがつ

日			
1日 ついたち	2日 ふつか	3日 みっか	4日 よっか
5日 いつか	6日 むいか	7日 なのか	8日 ようか
9日 ここのか	10日 とおか	11日 じゅういちにち	12日 じゅうににち
13日 じゅうさんにち	14日 じゅうよっか	15日 じゅうごにち	16日 じゅうろくにち
17日 じゅうしちにち	18日 じゅうはちにち	19日 じゅうくにち	20日 はつか
21日 にじゅういちにち	22日 にじゅうににち	23日 にじゅうさんにち	24日 にじゅうよっか
25日 にじゅうごにち	26日 にじゅうろくにち	27日 にじゅうしちにち	28日 にじゅうはちにち
29日 にじゅうくにち	30日 さんじゅうにち	31日 さんじゅういちにち	

年			
1年 いちねん	2年 にねん	3年 さんねん	4年 よねん
5年 ごねん	6年 ろくねん	7年 ななねん	8年 はちねん
9年 きゅうねん	10年 じゅうねん	2004年 にせんよねん	2024年 にせんにじゅうよねん

曜日（星期）			
月曜日（星期一）げつようび	火曜日（星期二）かようび	水曜日（星期三）すいようび	木曜日（星期四）もくようび
金曜日（星期五）きんようび	土曜日（星期六）どようび	日曜日（星期日）にちようび	

時（點）			
1時（一點）いちじ	2時（兩點）にじ	3時（三點）さんじ	4時（四點）よじ
5時（五點）ごじ	6時（六點）ろくじ	7時（七點）しちじ	8時（八點）はちじ
9時（九點）くじ	10時（十點）じゅうじ	11時（十一點）じゅういちじ	12時（十二點）じゅうにじ

分			
1分 いっぷん	2分 にふん	3分 さんぷん	4分 よんふん、よんぷん
5分 ごふん	6分 ろっぷん	7分 ななふん	8分 はっぷん
9分 きゅうふん	10分 じゅっぷん、じっぷん	1時半 いちじはん＝1時30分	

※ 在日語中，「4、7、9」這三個數字會有兩種不一樣的讀音，什麼情況該讀哪一種音？沒有固定的規則。但因為數量不多，只要背下來就可以了。

📖 文法小提醒

「AはBだ」是非過去形，不僅能表示現在或未來的情況，也可以表示普遍的事實或是到現在為止都沒有變化的情事。因此，有些句子可以使用過去形，同時也可以使用非過去形。例如：

1. この車は200万円だった。　　這輛汽車是兩百萬日圓。
2. この車は200万円だ。　　　　這輛汽車是兩百萬日圓。

這兩個例句中有細微的差別存在。上述例句1中，將「200萬日圓」接過去形的句尾，這時候情況是指假如上個月有人花錢買車子，而「200萬日圓」就是「他買車時當下」的那個價格；而例句2中，「200萬日圓」接非過去型

的句尾，那就可以理解其同一款的車子價格還是「200萬日圓」沒有改變過，或是「普遍這款車子的售價就是200萬日圓」的事實。再看看下面這個例句：

山田さんはさっき食事中だったよ。　　山田先生剛剛正在吃飯。
《×》山田さんはさっき食事中だよ。

　　假設有人來找田中先生，而我告訴他「剛剛我看到田中先生的時候，他人正在吃飯」。這時候這句話有可能是「（田中先生）現在已經沒在吃飯」或「我不知道（田中先生）現在的情況如何」的這兩種情況中之一。但不管是哪一種，都不會是指「當下」的情況，所以這個句子只能用過去形而已。

📖 進階跟讀挑戰

❶ 先週の木曜日は9時から午後5時までずっと会議だった。

上個星期四從早上九點到下午五點一直在開會。

❷ このスマホはおととし3万円だったが、今は1万円だ。

這台手機前年是三萬日圓，但是現在是一萬日圓。

❸ 田中さんは去年まで本社の部長だった。

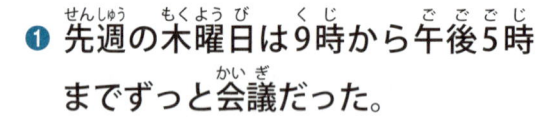

到去年為止，田中先生是總公司的經理。

❹ 今日から私がこのレストランの店長だ。頑張ろう。

從今天起由我負責擔任這家餐廳的店長。我會加油。

❺ 鈴木さんは3年前まで政治家ではなかった。ずっと銀行員だった。

鈴木先生在三年之前還不是政治家。一直是銀行的行員。

③ 形容詞：非過去形的肯定句及否定句

日語形容詞分成兩種。一種稱為「な形容詞」，這種形容詞的特徵是詞尾不是「い」的全都歸類為「な形容詞」；另外一種是「い形容詞」，即只要詞尾是「い」的基本上就都是「い形容詞」。但是請注意會有例外，有些詞尾為「い」的形容詞仍歸屬在「な形容詞」裡，例如：「きれい」、「有名(ゆうめい)」…等等。

這兩種形容詞的變化規則是不一樣的。「い形容詞」用在非過去形的肯定句時，只要保持詞尾原本的樣貌再加上句點即可，而若是否定句，則先將詞尾的「い」改成「く」，再加表示否定的「ない」即可完成；而「な形容詞」的時態變化則和先前教過的名詞一模一樣，如果非過去形的肯定句，則詞彙的後方加上「だ」。如果是否定句的話，則在詞彙的後方加上「ではない」，或是口語的「じゃない」即可。

進行跟讀練習前，我們要先學習幾個稍候會碰到的表現，首先與形容詞經常搭配使用的「とても」，它是「非常」的意思，基本上也只用在肯定句中；此外還有「あまり＋（後接否定表現）」，這是代表「不太…、沒那麼…」的意思。也是要注意喔！「あまり」之後要接的是否定句的表現，這一點很多人都容易忽略，請務必要牢記。

📖 跟讀練習

慢速 03-1A.MP3　正常速 03-1B.MP3

い形容詞（非過去形的肯定句）

冬(ふゆ)の北海道(ほっかいどう)は寒(さむ)い。　　北海道的冬天很冷。
山田(やまだ)さんの車(くるま)はとても大(おお)きい。　　山田先生的車子很大一台。

い形容詞（非過去形的否定句）

彼の料理はおいしくない。 　　　　　　他煮的菜不好吃。
私は今週あまり忙しくない。 　　　　　這個星期我沒有那麼忙。

な形容詞（非過去形的肯定句）

私は今日暇だ。 　　　　　　　　　　　今天我很有空。
日本の桜はとてもきれいだ。 　　　　　日本的櫻花很漂亮。

な形容詞（非過去形的否定句）

私はあまりきれいではない。＝私はあまりきれいじゃない。
我沒有那麼漂亮。
あの歌手は全然有名ではない。＝あの歌手は全然有名じゃない。
那位歌手一點都不有名。

　　在形容詞中有一個既常用又讀音特殊的詞彙，就是「良い（好、好的）」。它能夠讀成「いい」或是「よい」。但是當讀成「よい」時是很書面的語氣，因此我們在日常會話幾乎都只會說「いい」而已。但要注意的是，否定形的良くない讀音不是「いくない（×）」，而是「よくない」喲！

今日は天気が良い。 　　　　　　　　　今天天氣很好。
今日は天気が良くない。 　　　　　　　今天天氣不好。

📖 文法表格解析

我們用表格來總結一下之前學到的內容。

	い形容詞（以「おいしい」為例）	※い形容詞（以「良い」為例）	な形容詞（以「暇」為例）
非過去形的肯定句	〜は　おいしい。	〜は　良い。	〜は　暇＋だ。

	い形容詞（以「おいしい」為例）	※い形容詞（以「良い」為例）	な形容詞（以「暇」為例）
非過去形的否定句	～は　おいしく+ない。	～は　良く+ない［よくない］	～は　暇+ではない。 ～は　暇+じゃない。

📖 文法小提醒

　　日語的副詞「あまり」代表「過度、太…」的概念。當用在肯定句中，其中一個意思為「過度…的話，…」的意思。

あまり食べすぎると太るよ。　　　　吃太多就會變胖唷！

あまり給料が安いと、だれも働かないよ。
如果薪水太低，就沒有人要工作唷！

　　如果以「あまりに（も）」這樣後面搭配形容詞肯定形時，便表示「（也）太過…了」的意思。

今年の夏はあまりに（も）暑い。　　今年的夏天太熱了。
このパソコンはあまりに（も）高い。　這台電腦太貴了。

　　上述的「あまり」是適用於JLPT N2程度的文法，除此之外，也還有其他的意義，但目前先學習其較初級的部分。總之，如果想表達出「不太…」的意思，記得後面要搭配否定形使用唷！

📖 進階跟讀挑戰

❶ この仕事はとても楽だが、給料は安い。　　這份工作很輕鬆，但是薪水很少。

❷ このレストランの料理は全部とてもおいしい。　　這家餐廳的料理全部都好吃。

❸ この音楽はとてもかっこいい。特にギターが素敵だ。　　這音樂很酷，尤其吉他的聲音很棒。

❹ 私の姉はとても怖い。全然優しくない。　　我的姊姊很兇，一點都不溫柔。

❺ この本は薄いが、説明が簡単だから、とても良い。　　這本書雖然很薄，但是說明很簡單，所以很好。

4 形容詞：過去形的肯定句及否定句

形容詞也有過去形的變化。過去形最基本的概念是指「過去當下的那個時候…」的情況。因此，①當過往的情況和現在有所不同，而我們站在現在的時間點要形容過去的狀況時，就使用過去形；②完全不與過往的狀況做比較，不確定現在與過往的狀況是否相同，單純只描述當時的情況時也能夠使用過去形。

「い形容詞」用在過去形的肯定句時，只要將詞尾「い」改成「かった」就行了。在過去形的表現中，「た」的變化是核心重點，因為它表示了已過去的概念。若要使用否定句時，則先將詞尾的「い」改成「く」，後面再加「なかった」即可完成（「なかった」是否定詞「ない」的過去形）；而「な形容詞」的過去形變化則是和名詞一模一樣，如果要表達過去形的肯定句的時候，則在詞彙的後方加上「だった」。如果是否定句的話，則在詞彙的後方加上「ではなかった」，或是口語「じゃなかった」即可。

接下學習稍後會用到的表現，是跟上一課提到的「あまり＋否定形」有點像的「そんなに＋否定形」，這是「沒那麼…」的意思。句型中的否定時態是過去形或非過去形都可以。這時候的「そんなに」代表的是一個程度的概念，表示「那樣…」的意思。記得後面要搭配否定形才能表示「沒那麼…」的意思。

📖 跟讀練習

慢速 04-1A.MP3
正常速 04-1B.MP3

い形容詞（過去形的肯定句）

先週はとても寒かった。　　　　上個星期很冷。
昨日の宿題は少なかった。　　　昨天的作業很少。

い形容詞（過去形的否定句）

昨日の試験はそんなに難しくなかった。　　昨天的考試沒那麼難。
私は先月あまり忙しくなかった。　　我上個月沒那麼忙。

な形容詞（過去形的肯定句）

この駅は昔とても不便だった。　　以前這座車站非常不方便。
先週の試験は簡単だった。　　上個星期的考試很簡單。

な形容詞（過去形的否定句）

田中さんは昔そんなに親切ではなかった。
＝田中さんは昔そんなに親切じゃなかった。
以前田中先生沒有那麼親切。
この観光地は最近まで有名ではなかった。
＝この観光地は最近まで有名じゃなかった。
這個觀光景點一直到最近都不有名。

再次提醒，當「良い」在變化成過去形的時候，要注意讀音也會跟著改變。表示過去肯定的「良かった」不是唸「いかった（×）」，而是要「よかった」才對；而表示過去否定的「良くなかった」也是一樣的道理，要唸成「よくなかった」才對喲，唸成「いくなかった（×）」就錯了！

昨日は天気が良かった。　　昨天的天氣很好。
今年の冬はずっと天気が良くなかった。
今年冬天的天氣一直都不好。

📖 文法表格解析

	い形容詞（以「おいしい」為例）	※い形容詞（以「良い」為例）	な形容詞（以「暇」為例）
過去式的肯定句	～は おいし~~い~~かった。	～は 良~~い~~かった［よかった］	～は 暇＋だった。
過去式的否定句	～は おいし~~い~~く＋なかった。	～は 良~~い~~く＋なかった［よくなかった］	～は 暇＋ではなかった。

📖 文法小提醒

　　我發現許多初學日語的人都很容易搞混日語中與「開心」和「好玩」相關的形容詞。所以在這裡我將「楽(たの)しい」、「嬉(うれ)しい」、「おもしろい」這三個形容詞的區別加以說明。

　　在這三個形容詞中，「楽(たの)しい」所指的開心，語氣上是偏向「氣氛感覺上很好玩的狀態」時所說的；而「嬉(うれ)しい」也雖表示開心，但是它是指「心情上的高興或是感受到幸福感的狀態」的意思；最後是「おもしろい」，它基本概念是「對人、事、物感受到有趣」的意思，但是在感受到示「好玩」或是「好笑」的時候使用。使用時請務必注意使用情境。

昨日(きのう)友達(ともだち)と遊園地(ゆうえんち)へ行(い)った。とても楽(たの)しかった。
我昨天和朋友去遊樂園玩得非常開心。

クラスメートが私(わたし)の誕生日(たんじょうび)パーティーを開(ひら)いてくれた。とても嬉(うれ)しい。
同學幫我舉辦了生日派對，我（心中）感到非常開心。

この映画(えいが)はとてもおもしろい。
這部電影非常有趣。

📖 進階跟讀挑戰

❶ 昨日はお祭りだったので、町はとてもにぎやかだった。

因為昨天有慶典，所以小鎮上非常地熱鬧。

❷ この学校のパソコンは去年までとても古かったから、便利ではなかった。今は全部新しい。

這所學校的電腦到去年為止都非常地老舊，所以不好用。現在則全部都換新的了。

❸ あの映画はあまりおもしろくなかった。ストーリーが複雑だった。

那部電影沒那麼地有趣。故事的情節很複雑。

❹ 奈良の吉野山の桜はきれいだった。また見に行きたい。

奈良吉野山的櫻花很漂亮，我想要再去看。

❺ あのレストランはとても良かったよ。料理もおいしかったし、値段も全然高くなかった。

那家餐廳非常棒。不但料理很好吃，而且價格也一點都不貴。

5 形容詞：修飾名詞

「い形容詞」和「な形容詞」修飾名詞時的方式不一樣。「い形容詞」接續名詞時，**後面可以直接接續名詞，即直接以詞尾「～い＋名詞」的方式接續**就好，不需要加「の」，因此這種形容詞名為「い形容詞」。

至於「な形容詞」要修飾名詞時，就如同其名一樣，**在詞幹之後加上「な」這個假名**，然後再接上名詞，以「～な＋名詞」的型態完成接續。要注意的是，「な形容詞」這一類的詞彙中本身沒有包含「な」，查字典時也不會看到「な」。它算是一個隱藏性的詞尾，且只有在修飾名詞（非過去形的肯定）的時候才會出現。

📖 跟讀練習

慢速 05-1A.MP3　正常速 05-1B.MP3

い形容詞（修飾名詞）

これは高い服だ。　　　　　　　這是很貴的衣服。
この可愛い帽子は2000円だ。　　這頂可愛的帽子要兩千日圓。
その黒いかばんは私のだ。　　　那個黑色的包包是我的。

な形容詞（修飾名詞）

山田さんは親切な人だ。　　　　山田先生是很親切的人。
きれいな部屋は気持ち良い。　　乾淨的房間讓人感到很舒服。
その有名なホテルはとても高い。　那間知名的飯店非常地貴。

📖 文法表格解析

い形容詞＋名詞	おもしろい＋ドラマ（有趣的＋連續劇）
な形容詞＋名詞	有名(ゆうめい)＋な＋ドラマ（知名＋的＋連續劇）
名詞＋名詞	日本(にほん)＋の＋ドラマ（日本＋的＋連續劇）

📖 文法小提醒

　　兩種形容詞類在修飾名詞的時候，在要表示「否定」或「過去」的意思，接續上會有一些差異，我們先看下面的表格來做基本的了解。

	非過去的肯定形	非過去的否定形	過去的肯定形	過去的否定形
い形容詞	～い＋名詞	～いくない＋名詞	～いかった＋名詞	～いくなかった＋名詞
な形容詞	～＋な＋名詞	～ではない＋名詞	～だった＋名詞	～ではなかった＋名詞 ～じゃなかった＋名詞
名詞	～＋の＋名詞	～ではない＋名詞	～だった＋名詞	～ではなかった＋名詞 ～じゃなかった＋名詞

　　這時候有兩個地方要注意。先前提到「な形容詞」的隱藏詞尾「な」只有運用在非過去的肯定形的修飾中才會出現；而名詞修飾其他名詞時，也是一樣，除了非過去的肯定形之外，「の」也都是消聲匿跡的。

　　所以要記得一點，學習日語時，**請不要單純地認爲中文的「…的」就一定會回推到日語的「～の」**喲！

い形容詞

私は甘いお菓子が好きだ。
我很喜歡甜的零食。

私は甘くないお菓子があまり好きではない。
我不太喜歡不甜的零食。

あの強かった選手が、今年の予選で負けた。
那個過去很強的選手在今年的預賽輸掉了。

あの強くなかった選手が、今年の大会で優勝した。
那個過去不強的選手在今年的比賽獲得冠軍。

な形容詞

あれはとても高級な車だ。　　　　　　那部是非常高級的汽車。

あれはあまり高級ではない車だ。
＝あれはあまり高級じゃない車だ。　　那部是沒那麼高級的汽車。

これは10年前に人気だった歌だ。　　　這首是十年前很紅的歌。

これは10年前は人気ではなかった歌だ。
＝これは10年前は人気じゃなかった歌だ。
這首是十年前不紅的歌。

名詞

私は休みの日は家で料理をする。　　　假日我會在家煮飯。

私は休みではない日は家で料理をしない。
＝私は休みじゃない日は家で料理をしない。
非假日的時候我不會在家裡煮飯。

> **註解** 日文漢字「家」的發音可以是「いえ」也可以是「うち」，兩者都是表達「家」的意思，且兩種讀音都一樣常用。

駐車場だった場所にマンションが建った。
在以前是停車場的地方蓋了公寓。

駐車場ではなかった場所が駐車場になった。
＝駐車場じゃなかった場所が駐車場になった。
以前不是停車場的地方變成了停車場。

📖 進階跟讀挑戰

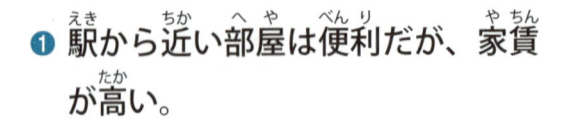

慢速分段 05-2A.MP3　慢速連續 05-2B.MP3　正常速連續 05-2C.MP3

❶ 駅から近い部屋は便利だが、家賃が高い。
鄰近車站的房間雖然方便，但是房租很貴。

❷ 暑い日も寒い日も、冷たいビールはおいしい。
不論是天熱還是天冷的時候，冰啤酒都是很好喝的。

❸ きれいな写真だね。これは有名な観光地の写真？
這張照片很漂亮，是知名觀光景點的照片嗎？

❹ この町はおいしいラーメン屋が多い。安い寿司屋もある。
在這個城市有很多好吃的拉麵店，也有便宜的壽司店。

❺ あそこのハンサムな人は鈴木さんで、その右のきれいな人は田中さんだ。
在那裡的帥哥是鈴木先生，在他右邊的那位美女是田中小姐。

❻ 短い髪は本当に楽だ。長い髪は洗う時とても面倒だ。
短髮在洗的時候真的非常輕鬆；而長髮在洗的時候則非常麻煩。

6 比較

本單元我們來講日語中與「比較」相關文法，大體上分成幾類如下：

①「～より」：這個文法通常用於兩個人、事、物之間的比較，是中文「比…」的意思。以「AはBより～」的句型為例，即是「將A提出來與B做比較」之意。

②「～のほうが」：這個句型是將兩樣人、事、物做出比較後，並提示特定某一方的結果可能性較高或值得採用，近似中文「比較…、較為…」之意。以「Aの＋ほうが」這個句型為例，就是「A比較…」的意思。要注意的是「のほうが」之前一定要搭配名詞使用。除此之外，①的「～より」也可以和「のほうが」一起使用，例如「AよりBのほうが～」代表「與A相比，B比較／較為…」的意思。

③「Aほど＋否定」：這個句型表示「沒有像A那樣…」的意思。「ほど」的基本概念是「程度」，因此「Aほど」是指「像A那樣（的程度）、像A一樣程度」，後面一般是搭配否定的內容，構成「沒有像A那樣」的概念。

上述文法都是比較兩個人、事、物之間的比較。如果要在比較後從三個以上的選項中選出程度最高的人、事、物時，我們可以用「一番（いちばん）～」這個詞加以表達。「一番（いちばん）」是「至極、頂尖」的概念，自然就是指「最…」的意思。

另外可以用「～（の中（なか））で」與「一番（いちばん）～」配合使用，使限制選項範圍的概念更清楚化，簡單的說就是「在…（一定的範圍）之中，○○○最…」的概念，句型中的「～で」意思是「在…」、「～の中（なか）」則意指「～裡面」。打個比方，當想要料理中表達自己喜好程度最高的一種，但又只限定在日本料理時，那就說「日本料理（にほんりょうり）（の中（なか））で」即可。（這時候就不包含如：台灣料理、法國料理、義大利料理…等其他的料理了）。

📖 跟讀練習

慢速 06-1A.MP3　正常速 06-1B.MP3

「より」的句型

私の家は田中さんの家より広い。　　我的房子比田中先生的房子還大。

私のスーツケースは田中さんのより軽い。

我的行李箱比田中先生的輕。

「のほうが」的句型

今年の夏のほうが去年の夏より暑い。

今年夏天比去年的夏天還熱。

昨日の試験より先週の試験のほうが難しかった。

與昨天的考試相比上個星期的考試比較困難。

「ほど」的句型

冬の沖縄は東京ほど寒くない。　　沖縄的冬天沒有像東京那麼冷。

去年の6月は今年ほど忙しくなかった。

去年的六月沒有像今年這樣地忙碌。

「（～の中で）一番」的句型

富士山は日本で一番高い。　　在日本，富士山是最高的。

果物（の中）でイチゴが一番おいしい。

在水果之中，草莓是最好吃的。

📖 文法小提醒

我們來認識一些可以幫助形容詞的程度分級的副詞。它們分別是「とても」、「少すこし」、「あまり」、「全然ぜんぜん」。使用上，「とても＋肯定形」，可以表示「非常⋯」的程度；「少すこし＋肯定形」則表示「有點⋯」；

學日語之初我們常聽到的「ちょっと」也可以用「ちょっと＋肯定」也是表示「有點…、稍微…」的程度，但「ちょっと」是口語的用法喲（不宜使用在文書上）；另外是「あまり＋否定形」是「沒那麼…、不太…」的程度表達；最後「全然ぜんぜん＋否定」則是「完全不…」的程度表現。

不過，前述的所有副詞用於比較句時，表現的方式會不太一樣。若是要表現程度有點距離的「A比B還…」的比較，句型必須是「AはBよりずっと～」，例：

今日きょうはとても暑あつい。　　　　　　　今天非常熱。
今日きょうは昨日きのうよりずっと暑あつい。　　今天比昨天還熱得很多。
《×》今日きょうは昨日きのうよりとても暑あつい。（← 是錯誤的表現）

如同上例，比較句中要提及程度較高（多）時，必須使用「ずっと」而不是「とても」；如果想表示程度較低（少）時，可使用之前所說的副詞「少すこし」、「ちょっと」加以表達，具體的句型像是「AはBより少すこし～」即可。

至於使用「ほど」的比較，因為「ほど」如前所述本身就已經帶有「程度」的性質存在，所以再加上表示程度的副詞時，就會變成畫蛇添足的狀態了。使用時請多加注意。

山田やまださんはあまり若わかくない。　　　　山田先生沒那麼年輕。
山田やまださんは鈴木すずきさんほど若わかくない。
山田先生沒有像鈴木先生那麼年輕。
《×》山田やまださんは鈴木すずきさんほどあまり若わかくない。（← 是錯誤的表現）

再補充一些跟當兩個人、事、物之間的程度差不多時，可以應用的相關句型：

①「Aと同おなじくらい」：這表示某人、事、物「和A一樣程度」的意思，「くらい」與「ほど」的概念很像，也是「程度」的意思。但一般來說，

「同(おな)じほど」雖然不是錯誤的說法，但卻相當地罕用。

②「AもBも～」：A和B後面都加助詞「も」，表是「A也，B也…」之意，即「A、B都…」的意思。

③「AとBはどちらも～」：句型中的「どちら」表示二選一情況的「哪一個」，因此「どちらも」表示「選哪一個也都…」，故便等於「兩個都…」的概念，即「A和B兩個都…」的意思。

犬(いぬ)は猫(ねこ)と同(おな)じくらい可愛(かわい)い。　　狗狗和貓咪一樣可愛。
犬(いぬ)も猫(ねこ)も可愛(かわい)い。　　狗狗和貓咪都可愛。
犬(いぬ)と猫(ねこ)はどちらも可愛(かわい)い。　　狗狗和貓咪，哪一個都可愛。

📖 進階跟讀挑戰

慢速分段 06-2A.MP3　慢速連續 06-2B.MP3　正常速連續 06-2C.MP3

❶ 今日(きょう)は昨日(きのう)より天気(てんき)が良(い)いが、風(かぜ)があるから昨日(きのう)ほど暑(あつ)くない。

今天的天氣比昨天好，但是因為有風，沒有像昨天那樣熱。

❷ あの黒(くろ)い服(ふく)よりこの服(ふく)のほうが良(い)い。

與那件黑色衣服相比這件衣服更好。

❸ 冷(つめ)たい飲(の)み物(もの)はあまり体(からだ)に良(よ)くないから、温(あたた)かい飲(の)み物(もの)が欲(ほ)しい。

因為冰的飲料對身體不太好，我想要溫的飲料。

❹ このレストランのメニューで一番(いちばん)人気(にんき)のメニューはカツカレーだ。

這家餐廳最人氣的菜單是豬排咖哩飯。

7 變化

　　日語是一種相當著重情境的語言，所以清楚掌握「句型中的變化概念」一事至關重要。本課我們就來介紹在日語中與「變化」概念息息相關的兩個詞彙－「なる（變成、成為）」、「する（做）」。「なる」在日語中的地位舉足輕重，不懂它的概念，後面的學習會發生許多困難。原則上它應用於「原本的情況或是結果產生了變化」的概念裡，相當於中文的「變成、成為」。基本上「なる」的變化可應用於「自然性的變化或機器動作自動性的變化」上。

　　此外，「する」也可以表達變化。雖然它最基本的概念是「做…」，若將「する」應用於與變化相關的內容時，請記得它是指「可以人為控制的變化」的概念，也就是「弄成…、做成…、當作…」的意思。

　　要以「い形容詞」接續「なる」或「する」時，首先把結尾的「い」改成「く」，然後再加「なる」或「する」即可。但是「良い」又是例外，當它在接續「なる」或「する」時，是「よく＋なる／する」，並不是「いく＋なる／する」喲！若是以「な形容詞」或是「名詞」接續的話，後面先加上「に」再加上「なる、する」即可。

　　「なる」與「する」的重點置於未來的變化，等於目前還未發生，所以如果是要表現出「已經變了」的意思時，兩者就必須分別改成過去形的「なった」及「した」才行。

　　例如說，「暑ぁっくなった（天氣變熱）」，這就是一個自然性的變化。若是這個短句改成「暑ぁっくした」的話，意思就成了「把天氣弄熱」，聽起來會感覺像是天氣是能夠透過人為的行為進行控制的。不過呢！要說「なる」也可用於「人為性的變化」也是說得通的。好比說，「部屋へゃがきれいになった」是指「房間變得乾淨」，但一般來說房間不會自己動手打掃吧！一定是透過某人的行為產生的人為性的結果，所以這時並不屬於自然性的變化。「房間變乾淨」同時也能用「部屋へゃをきれいにした」的方式表達。不過，這兩者卻有一些細微的差別存在！

　　我們先把重點關注在「部屋へゃをきれいにした」這個句子中的及物助

詞「を」，在這裡可以把它當作中文的「把…」來想，即這句話的中文可以想成「把房間弄乾淨」。即然有「把」，自然有一個施加動作的主體在，由此可知「きれいにした」是「由誰做了什麼」為核心前提的一項人為性的變化。反之，「きれいになった」則是一個單純描述狀況的句子，重點不是在誰做？而是在「變成了這種情況」的表達上。

※ 動詞非過去形（原形）的概念請參照【12 動詞：非過去形的肯定句】
※ 動詞過去形的概念請參照【15 動詞：過去形的肯定句】

最後補充一個，「AはBを名詞＋に＋する」這個句型表示「A讓B當成…」的意思，等於主語A透過自身的權力或教育等力量，亦彰顯出A可以控制B的立場。雖然這個句子較為罕用，但也屬於人為變化的正確句子。

📖 跟讀練習

慢速 07-1A.MP3　正常速 07-1B.MP3

い形容詞的變化

来週から暑くなる。　　　　　　　　　　從下個星期開始變熱。
このスマホは去年より安くなった。　　　這台手機變得比去年便宜。

私はエアコンの設定温度を低くした。　　我把冷氣的溫度設定調低。
鈴木さんは壁の色を白くした。
鈴木先生把牆壁的顏色漆成白色。

な形容詞的變化

この町は便利になった。　　　　　　　　這座小鎮變得便利了。

妹は自分の部屋をきれいにした。　　　　妹妹把自己的房間打掃乾淨了。
山田さんは説明の内容を簡単にした。
山田先生把說明內容改得更簡單了。

名詞的變化

息子は来月中学生になる。　　　我兒子下個月就是國中生了。

田中さんは病気になった。　　　田中先生生病了。

私は息子を医者にした。　　　　我把兒子栽培成一名醫生。

📖 文法表格解析

	い形容詞（以「明るい」為例）	な形容詞（以「きれい」為例）	名詞（以「選手」為例）
なる：變成…、成為…	明る~~い~~く＋なる	きれい＋に＋なる	選手＋に＋なる
する：做成…、弄成…、改成…、當作…	明る~~い~~く＋する	きれい＋に＋する	選手＋に＋する

📖 文法小提醒

　　不但名詞與形容詞類能夠與「なる」接續，動詞也不例外。動詞與「なる」的結合，直接構成了「～ようになる」此一N4文法不但名詞與形容詞類能夠與「なる」接續，動詞也不例外。動詞與「なる」的結合，直接構成了「～ようになる」此一N4文法。其**最常見的是表示能力或情況許可上的轉變，例如：以前不會的事情但現在會做了、以前可以做的事情但現在卻不允許了**…等情況的表達。

　　如果想表達「現在會說日語了（但是以前不會說）」，日語是「日本語にほんごが話はなせるようになった」。「話はなせる」是「話はなす（說）」的可能形的肯定形，動詞接「なる、なった」的時候，一定要加上「ように」。

王さんは日本語が話せるようになった。
王先生會說日語了。（以前王先生不會說）

山田さんは泳げるようになった。
山田先生會游泳了。（以前山田先生不會游）

　　但如果想說的結果內容是否定的，就直接用動詞可能形的否定形並加上「なる」即可。好比說「現在已經不能穿這件衣服了（以前能穿）」，日語則是「この服が着られなくなった」→分析這句話，首先是將「着る（穿）」變成可能形「着られる」之後，再轉變否定形「着られない」，然後再將結尾「ない」改成「なく」，最後依時態分別接續「なる」或「なった」就好。

息子は大きくなったので、この服が着られなくなった。
因為我兒子長大了，所以這件衣服他已經穿不下了。

怪我をして、試合に出られなくなった。
因為我受傷了，所以無法參加比賽了。

📖 進階跟讀挑戰

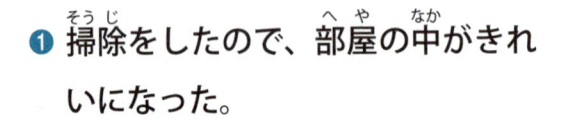

慢速分段 07-2A.MP3　慢速連續 07-2B.MP3　正常速連續 07-2C.MP3

❶ 掃除をしたので、部屋の中がきれいになった。
因為我有打掃，所以房間裡就變乾淨了。

❷ 新しい家に引越したので、部屋が広くなった。
因為我搬了新家，現在房間變大了。

❸ 部長は田中さんをこの仕事の担当者にした。
部長讓田中先生當這個案子的負責人。

❹ 社長は会社のパソコンを新しいのにした。
總經理把公司的電腦換成了新的。

8 名詞及形容詞的禮貌形

　　日語的句尾除了時態不同會有不同的變化之外，依禮貌的程度不同，變化也不一樣。其中提升禮貌程度的稱之為「丁寧形ていねいけい」（禮貌形），相對的不帶禮貌的態度（語氣輕鬆或不客氣）的型態，我們便稱為「普通形ふつうけい」。

　　非過去肯定的名詞及兩種形容詞，禮貌形的表達方式如後：「い形容詞」在句尾直接加上「です」即可（例：寒さむかったです）；而「名詞」及「な形容詞」則是要將句尾的「だ」改成「です」（例：雨あめだ → 雨です、不便ふべんだ→不便です）

　　「い形容詞」不論是否定、過去、還是過去否定，句尾都是直接加上「です」就能完成禮貌形。非過去的否定是詞尾改成「く＋ない＋です（～くないです）」、過去的肯定形是詞尾改成「かった＋です（～かったです）」、過去的否定則是「く＋なかった＋です（～くなかったです）」。

　　而「な形容詞」和「名詞」句尾的變化是一樣的。要以禮貌形表達時，非過去否定的句尾「～ではない」要改成「～ではありません」（結尾的「ない」要改成「ありません」）；過去肯定的表達時，句尾「～だった」要改成「～でした」；過去否定的表達則是句尾「～ではなかった」改成「～ではありませんでした」（「なかった」要替換「ありませんでした」）[1]。

　　「な形容詞」和「名詞」否定中「では」的部分，也可以替換成口語的「じゃ」，一樣達到禮貌的效果。例如上述的「～ではありません」也可以說「～じゃありません」，這種表達不僅有禮，語氣上還帶一點輕鬆或親暱的氛圍潤滑效果。說回來，「～ではありません」的表現會給人有點正式且生硬的印象，若是改成普通形的「～ではない」，那就會聽起來更嚴肅，連一丁點的禮貌語氣（客氣的態度）都沒有了。

---

[1]「な形容詞」和「名詞」禮貌形的否定還有「～ではないです、～じゃないです（過去）」及「～ではなかったです、～じゃなかったです（非過去）」的變化，但是這些是很口語感的表現。

日本人之間在聊天、談論及溝通的時候，往往會依據很多因素選擇適當禮貌程度的語句交談，但對於學習日語的外國人來說，要像日本人將話語中的禮貌程度掌握得宜是件非常不容易的事。因此，如果日語初學者要和日本人談話時，建議最安全的還是全部都用「禮貌形」來表達吧！只要能記得這個重點，不論談話的對象是誰，基本上不會發生大問題。

📖 跟讀練習

慢速 08-1A.MP3　　正常速 08-1B.MP3

い形容詞（禮貌形）

この問題はとても易しいです。　　　　這道題目很簡單。

私のバイクは全然新しくないです。
（我的機車完全不是新的。）＝我的機車很舊了。

去年の旅行はとても楽しかったです。　　去年的旅遊很開心。

その映画はあまりおもしろくなかったです。
那部電影已經感覺沒那麼有趣了。

な形容詞（禮貌形）

このレストランはとても有名です。　　這間餐廳非常有名。

あのレストランはあまり人気ではありません。
那間餐廳沒那麼紅。

私は先週とても暇でした。　　　　　　上個星期我很閒。

先月の試験は簡単ではありませんでした。　上個月的考試並不簡單。

名詞（禮貌形）

田中さんは高校の先生です。　　　　　田中先生是高中的老師。

それは私の靴ではありません。　　　　那雙不是我的鞋子。

昨日は雨でした。　　　　　　　　　　昨天下了雨。

044

先週の土曜日は休みではありませんでした。 上週六不是假日。

📖 文法表格解析

い形容詞（以「忙しい（忙碌）」為例）	普通形	禮貌形
非過去肯定	忙しい	忙しい＋です
非過去否定	忙し~~い~~く＋ない	忙し~~い~~く＋ない＋です
過去肯定	忙し~~い~~かった	忙し~~い~~かった＋です
過去否定	忙し~~い~~く＋なかった	忙し~~い~~く＋なかった＋です

な形容詞（以「にぎやか（熱鬧）」為例）	普通形	禮貌形
非過去肯定	にぎやか＋だ	にぎやか＋です
非過去否定	にぎやか＋ではない にぎやか＋じゃない	にぎやか＋ではありません にぎやか＋じゃありません
過去肯定	にぎやか＋だった	にぎやか＋でした
過去否定	にぎやか＋ではなかった にぎやか＋じゃなかった	にぎやか＋ではありませんでした にぎやか＋ではありませんでした

名詞（以「晴れ（晴天）」為例）	普通形	禮貌形
非過去肯定	晴れ＋だ	晴れ＋です
非過去否定	晴れ＋ではない 晴れ＋じゃない	晴れ＋ではありません 晴れ＋じゃありません
過去肯定	晴れ＋だった	晴れ＋でした
過去否定	晴れ＋ではなかった 晴れ＋じゃなかった	晴れ＋ではありませんでした 晴れ＋じゃありませんでした

❶ 初級文法基礎篇
❷ 初級文法延伸篇
❸ 進階文法基礎篇
❹ 進階文法延伸篇

文法小提醒

在與日本人聊天之間，可能還能聽到更多種「名詞」和「形容詞」否定的禮貌形表現。

例如「な形容詞」和「名詞」的非過去否定形，標準的變化是「～ではありません」，但有時候還會聽到「～ではないです」的表達，但這裡要說明並提醒一下，雖然「～ではないです、～じゃないです」也算是正確的日語，但是它並不是標準的表現，算是很口語性的表達，應用時請留意使用場合。此外，過去否定的「～ではなかったです、～じゃなかったです」也是一樣的道理。

明日は休みではないです。
明天不是假日。（很口語的表現）
＝**明日は休みじゃないです。**
先週の試験は簡単ではなかったです。
上個星期的考試並不簡單。（很口語的表現）
＝**先週の試験は簡単じゃなかったです。**

如前所述，「い形容詞」在非過去否定中也有「～くないです」跟「～くありません」這兩種禮貌的否定形。但是呢！有時候聽到人家講「～くありません」時，在語感中會帶有一點刻意表達的印象，聽起來就感覺好像是在演戲唸台詞或在講故事的對白一樣。

この仕事はあまり難しくありません。 這份工作沒那麼難。
あの映画はあまりおもしろくありませんでした。
那部電影沒那麼有趣。

📖 進階跟讀挑戰

慢速分段 08-2A.MP3　慢速連續 08-2B.MP3　正常速連續 08-2C.MP3

❶ 昨日は天気が良かったですから、とても暑かったです。

因為昨天天氣很好，所以很熱。

❷ 先月は仕事が忙しかったから、とても大変でした。来週からまた忙しいです。

因為上個月工作很忙，所以非常辛苦。下週開始又會很忙了。

❸ 東京から北海道までは、車より飛行機のほうがずっと速いです。

從東京到北海道，坐飛機比開車快得多。

❹ 台風ですから、風がとても強いです。外はとても危険ですよ。

因為颱風來了，所以風很強。在外面會非常危險喲！

9 名詞及形容詞禮貌形的疑問句

日語普通形和禮貌形的疑問句稍微有點不一樣。**禮貌形是句尾加上「か」即可以形成疑問句，就像中文的「嗎？」一樣**。不論是肯定句、否定句，過去形還是非過去形，都是一樣加「か」即完成。例如「雨あめ（名詞）」非過去肯定的禮貌形是「雨あめです（下雨）」，那疑問句是「雨あめです＋か＝雨あめですか（下雨了嗎？）」；如果是要用過去肯定形的方式問昨天的天氣，那就是「雨あめでした＋か＝雨あめでしたか（昨天下雨了嗎？）」就完成了。

在聽到別人對自己提出疑問時，**可以用發語詞「はい」及「いいえ」來回應**，藉以表達基本的是與否。「はい」是表示「是的、對的」的肯定之意；而「いいえ」則表示「不是、不對」的否定意思。

在發音的層面上，**疑問句結尾「か」的部分語調必須上揚**。要注意的是，即使是初級程度的疑問句，若句尾「か」的語調低沉時，代表這句話可能並不是真的要對方給答案，而是話者單純表達出「（自身的）瞭解及發現」的語氣而已。好比說，若有人告訴我現在的時間是12點，然後我就句尾語調低沉地說回答說「今いま12時じゅうにじですか」，這時候指得是「我了解現在是12點了，我沒有要對方回應的意思」；另外，我自己看了看時鐘後，句尾語調低沉地說了「今いま12時じゅうにじですか」時，也只是表示「現在12點了呀！（我發現現在是12點了）」的自言自語而已。

📖 跟讀練習

慢速 09-1A.MP3　正常速 09-1B.MP3

名詞／な形容詞（禮貌形）

A：田中たなかさんは学生がくせいですか。　　田中先生是學生嗎？
B：はい、学生がくせいです。　　對，他是學生。

A：この歌手は今有名じゃありませんか。　　這名歌手現在不有名嗎？
B：はい、有名じゃありません。　　　　　　對，不有名。

A：昨日は雨でしたか。　　　　　　　　　　昨天有下雨嗎？
B：いいえ、雨じゃありませんでした。　　　不，昨天沒有下雨。

A：そのホテルは不便じゃありませんでしたか。
　　那家飯店沒有什麼不方便嗎？
B：いいえ、便利でした。　　　　　　　　　不會，很方便。

い形容詞（禮貌形）

A：その料理は辛いですか。　　　　　　　　那個料理很辣嗎？
B：はい、とても辛いです。　　　　　　　　對，很辣。

A：その荷物は重くないですか。　　　　　　那個行李不重嗎？
B：はい、重くないです。　　　　　　　　　對，不重。

A：旅行は楽しかったですか。　　　　　　　旅遊好玩嗎？
B：いいえ、あまり楽しくなかったです。　　不，沒那麼好玩。

A：山田さんはおととい忙しくなかったですか。
　　山田小姐前天不忙嗎？
B：いいえ、忙しかったです。　　　　　　　不，很忙。

📖 文法小提醒

當你跟日本人對話時，記得不要用「あなた（你、妳）」來稱呼對方。

這是為什麼呢？事實上大部分的日本人不喜歡在聊天的時候被對方叫「あなた」，因爲這聽起來會讓人感覺有不太舒服的感覺。至於是如何地不舒服呢？也依情況有異。例舉其中的一種概念，聊天時若被對方叫「あなた」時，感覺有一點像是「被對方用食指指著講話」，變得有點被重點性針對的感覺。所以如果你用「あなた」稱呼對方的話，對方可能就會認為你這個人很失禮。此外，也有人會覺得「原來我們的關係很疏遠！」，沒有自己想像中的親近。

那跟日本人的聊天中要稱呼「你、妳」的時候該怎麼辦呢？**日語的會話習慣中，在已知對方的姓名時，都會直稱對方的姓或名字藉以稱呼對方**。所以，談話前若當不知道對方貴姓大名時，還是先用「すみません、お名前（なまえ）は？（對不起，請問你叫什麼名字？）」這個句子問清楚對方的大名，以便於後面的對話順利進行。

下列是和田中先生的對話

田中（たなか）さんは明日（あした）休（やす）みですか。　　你明天休息嗎？

《×》あなたは明日（あした）休（やす）みですか。

田中（たなか）さんのお父（とう）さんは会社員（かいしゃいん）ですか。　　你的爸爸是公司員工嗎？

《×》あなたのお父（とう）さんは会社員（かいしゃいん）ですか。

📖 進階跟讀挑戰

慢速分段 09-2A.MP3　慢速連續 09-2B.MP3　正常速連續 09-2C.MP3

❶ A：その映画（えいが）はおもしろかったですか。日本（にほん）でとても人気（にんき）の映画（えいが）ですよ。　　那是部在日本很紅的電影。好看嗎？

　　B：そうですか。とてもおもしろかったです。　　是這樣嗎！很好看。

❷ A：この商品は去年とても高かったですよ。今はこんなに安いですか。

　B：はい。もう最新の商品じゃありませんから、安くなりました。

這項商品在去年時很貴。現在變得這麼便宜了嗎？

對，因為已經不是最新版，所以變便宜了。

❸ A：ここの海は安全ですか。

　B：いいえ。危険ですから、泳いではいけませんよ。

這裡的海邊安全嗎？

不，因為海域是危險的，所以不可以游泳喲！

❹ A：鈴木さんのお兄さんは大学院生ですか。

　B：いいえ。去年まで大学院生でしたが、もう卒業しました。

鈴木先生的哥哥是研究生嗎？

不，他到去年為止還是研究生，但是現在已經畢業了。

10 名詞及形容詞普通形的疑問句

　　普通形的疑問句表現會比上一課的禮貌形還複雜一些，依其內容及語氣的不同，疑問句的結尾也會有所不同。在本課中，我們將提到的是一般聊天（會話）時使用的疑問句表現方式。

　　在會話中，要**表達「い形容詞」普通形的疑問句時，結尾不需要加「か」，直接將句尾的語調上揚就可以了**。例如以非過去肯定的「おいしい（い形容詞）」來說，構成疑問的表現以「おいしい？」呈現就行了，差別就在句尾語調的高低而已。

　　但是非過去肯定的「な形容詞」和「名詞」的疑問表現就另當別論。表現時，**必須先將原本會接上的句尾「だ」刪掉，同時語調上揚**。例如：「暇ひま（な形容詞）」的非過去肯定形是「暇ひまだ」，但是疑問句的表現是「暇ひま？」才對，不是「暇ひまだ？（×）」喔（其實就是詞彙在字典上能看到的原樣，直接加上問號並語調上揚就好）！此外，**過去肯定的話，就必須將「だ」改成「だった」，一樣語調必須上揚**。

　　然而上述的提到的語氣只限定用於與親朋好友間輕鬆閒聊且不用客氣的場合下。因此，這種場合下回應時的發語詞也會有所改變，「はい」的部分會變口語的「うん」、「いいえ」的部分則也變成口語的「ううん」。注意這兩個口語的回答發音有點像，請小心不要弄錯了。

　　額外一提的是，日語在以口語溝通互動時，一般來說「は、が、を、へ」這四個助詞依情況是可以省略的。但除了這四個之外，其他助詞一定要表達清楚，不能偷工減料喲！

※關於助詞「を、へ」的說明，請參照⑫動詞：非過去，肯定句

跟讀練習

慢速 10-1A.MP3　正常速 10-1B.MP3

名詞／な形容詞（普通形）

A：田中さん（は）学生？　　　　　　　田中是學生嗎？
B：うん、学生。　　　　　　　　　　　對，是學生。

A：この歌手（は）今有名じゃない？　　這個歌手現在不有名，是嗎？
B：うん、有名じゃない。　　　　　　　對，不有名。

A：昨日（は）雨だった？　　　　　　　昨天有下雨嗎？
B：ううん、雨じゃなかった。　　　　　不，沒有下雨。

A：そのホテル（は）不便じゃなかった？　那家旅館不會不方便了嗎？
B：ううん、便利だった。　　　　　　　不，很方便。

い形容詞（普通形）

A：その料理（は）辛い？　　　　　　　那道料理很辣嗎？
B：うん、とても辛い。　　　　　　　　對，很辣。

A：その荷物（は）重くない？　　　　　那個行李不重嗎？
B：うん、重くない。　　　　　　　　　對，不重。

A：旅行（は）楽しかった？　　　　　　旅遊很好玩嗎？
B：ううん、あまり楽しくなかった。　　不，沒有那麼好玩。

A：山田さん（は）おととい忙しくなかった？　山田前天很忙吧？

B：うん、忙(いそが)しかった。　　　　　　　　　嗯，很忙。

📖 文法小提醒

在普通形的會話中，有時候會加上**終助詞（指置於句尾，用於強調各種心情想法等的語氣助詞）**。而當「な形容詞」和「名詞」在非過去肯定形的會話句中沒用到終助詞時，一般來說會連帶地把句尾的「だ」一併刪除。

A：明日(あした)（は）休(やす)み？　　　　　明天休息嗎？
B：うん、休(やす)み。　　　　　　　　對，明天休息。

終助詞一定會接在「だ」的後面。但補充一點，其實如果刪掉「だ」後直接接上終助詞也不完全算是錯誤，只不過就變成了女性使用的語氣囉！（男性的學習者就要特別注意了！）。下面以「ね（基本意思：跟對方確認的語氣詞）」為例來看一下：

A：来週(らいしゅう)から夏休(なつやす)みだね。　下週開始放暑假了耶！
B：うん、夏休(なつやす)みだね。　　嗯，要開始放暑假囉！

A：来週(らいしゅう)から夏休(なつやす)みね。　下週開始放暑假了耶！（←女性的使用口吻）
B：うん、夏休(なつやす)みね。　　嗯，要開始放暑假囉！（←女性的使用口吻）

普通形疑問句的作成，其實也不是不能在句尾加上「か」。但加上時請務必注意：

①加上「か」後，語氣會相當地嚴肅，通常會像是在審問或責怪他人的語氣。不過，也並不是普通形一用了「か」就一定有責怪的語氣，在日文更高級的文法中會有不同的語意存在。

②如果「な形容詞」和「名詞」的普通形加上「か」時，結尾的「だ」必須要刪掉。但承續說明①的緣故，在這個單元就不特別提出例句來做練習。

📖 進階跟讀挑戰

慢速分段 10-2A.MP3
慢速連續 10-2B.MP3
正常速連續 10-2C.MP3

❶ A：私も日本語（を）勉強したい。
日本語の勉強（は）楽しい？
B：うん、楽しいよ。

我也想學習日語。學習日語很好玩嗎？

對，很好玩。

❷ A：山田さん（は）今カフェの店員？　先月までエンジニアじゃなかった？
B：うん。先月エンジニア（を）やめて、今月からカフェで働いているよ。

山田現在做咖啡廳的店員嗎？不是到上個月都還是工程師嗎？

嗯！他上個月辭去了工程師的工作，這個月開始在咖啡廳上班。

❸ A：山田さん（は）先月子供（が）生まれたよ。
B：本当？　写真（を）見た？
A：うん。とてもかわいかったよ。

山田上個月生小孩了。

真的嗎？看過照片了嗎？

有，看過了。很可愛。

11 疑問詞

「何(什麼)、どう(如何)、どちら(哪一個)…」等帶有疑問語意的詞彙稱為「疑問詞」。

很快速地複習一下，當使用禮貌形的疑問句時，一般在句尾後都要加上「か」表示發問。例如：「何ですか。」就是「是什麼」的正確表現。疑問詞就跟名詞一樣是固定的，本身不會變化。例如：當和朋友一起用餐，想問對方餐點的味道如何時，就可以用「どうですか(怎麼樣？)」來發問；但是若想要問的是過去發生過的事情時，結尾的「です」就必須變成「でした」。例如：若是想跟朋友問「昨天去吃過」的那些餐廳如何時，疑問句的結尾就必須改成過去形，以「どうでしたか(怎麼樣？)」的句型發話。

疑問詞搭配普通形的問句時相當簡單，不用加「か」，直接將語調上揚，就達到構成疑問句的效果。例如：「是什麼？」只要說「何？」就好。如果是要以疑問詞來詢問過去發生的事，就是把句尾改成「だった？」就好。以「どう(如何、怎麼樣)」為例，想問現在或未來時間點的疑問句是「どう？」；但若是對過去的情況提出疑問，那就要說「どうだった？」才行。

此外，有些疑問詞會有口語性的表現。以「AとBとどちらが～？」這個疑問句型為例，它是將兩個人、事、物中比較之後，選出某一個的「A與B，哪一個…？」的意思。這裡用到的疑問詞是「どちら(哪一個？)」，而這個「どちら」在口語的表現中是「どっち」，所以這個句型口語一點就是「AとBとどっちが～？」的表現。

而在「AとBとどっちが～？」這個句型中，「B」後面的「と」可以省略，變成「AとBどっちが～？」的表現。而針對這個句型的回應時一般會用到「～ほうが～」的句型，裡面的「が」是不能省略的；和前述類似的回應句型還有「Aが一番～(A最…)」可用，但仍要注意，即使是口語的用語，句型中的「が」一樣不能省略。

本單元提出的普通形例句是以特別輕鬆的語氣進行。所以接下來跟讀練習中用括弧標示的部分是可省略的助詞。

📖 跟讀練習

慢速 11-1A.MP3　正常速 11-1B.MP3

疑問詞「禮貌形／普通形」之比較　（此處的線上音檔中，會先播放禮貌形的對話，然後再播放普通形的會話）

A：それは何ですか。／それ（は）何？　　那是什麼？
B：これは楽器です。／これ（は）楽器。　這是樂器。

A：鈴木さんの靴はどれですか。／鈴木さんの靴（は）どれ？
哪雙是鈴木先生的鞋子？
B：その白い靴です。／その白い靴。
是那雙白色的鞋子。

A：先週の旅行はどうでしたか。／
先週の旅行（は）どうだった？
上個星期的旅遊如何了呢？
B：とても楽しかったです。／とても楽しかった。　非常地好玩。

A：これは誰のスマホですか。／これ（は）誰のスマホ？
這是誰的手機？
B：鈴木さんのスマホです。／鈴木さんのスマホ。
是鈴木先生的手機。

A：それは何の鍵ですか。／それ（は）何の鍵？
那是什麼的鑰匙呢？
B：車の鍵です。／車の鍵。　　　　　　是汽車的鑰匙。

A：山田さんの車はどんな車ですか。／
山田さんの車（は）どんな車？
山田先生的車子是怎麼樣的車子呢？

057

B：大きい車です。／大きい車。
　　是台大型的車子。

A：この帽子とあの帽子とどちらが高いですか。／
　　この帽子とあの帽子（と）どっちが高い？
　　這一頂帽子和那一頂帽子，哪一頂比較貴呢？
B：あの帽子のほうが高いです。／あの帽子のほうが高い。
　　那一頂帽子比較貴。

A：犬と猫とどちらが可愛いですか。／
　　犬と猫（と）どっちが可愛い？
　　狗狗和貓咪哪一個比較可愛呢？
B：どちらも可愛いです。／どっちも可愛い。
　　哪一個（兩個）都很都可愛。

A：日本料理で何が一番おいしいですか。／
　　日本料理で何が一番おいしい？
　　在日本料理中最好吃的是什麼呢？
B：すき焼きが一番おいしいです。／すき焼きが一番おいしい。
　　壽喜燒是最好吃的。

A：1年でいつが一番寒いですか。／1年でいつが一番寒い？
　　一年之中最冷的是什麼時候呢？
B：1月が一番寒いです。／1月が一番寒い。
　　一月份的時候最冷。

📖 文法表格解析

日文	中文	日文	中文
何(なに)	什麼	どちら	1. 哪一個：兩個選項 2. 哪裡（禮貌語氣） 3. 哪一邊：方向
何(なん)の＋〔名詞〕	什麼＋〔名詞〕內容、用途	どちらの＋〔名詞〕	1. 哪一個＋〔名詞〕：兩個選項 2. 哪裡的＋〔名詞〕：產地、品牌（禮貌語氣） 3. 哪一邊的＋〔名詞〕：方向
誰(だれ)	誰	どっち	1. 哪一個：兩個選項（口語） 2. 哪一邊：方向（口語）
誰(だれ)の＋〔名詞〕	誰的＋〔名詞〕	どっちの＋〔名詞〕	1. 哪一個＋〔名詞〕：兩個選項（口語） 2. 哪一邊的＋〔名詞〕：方向（口語）
どなた	哪一位（禮貌語氣）	どう	怎麼樣、如何
どなたの＋〔名詞〕	哪一位的＋〔名詞〕（禮貌語氣）	どんな＋〔名詞〕	怎樣的＋〔名詞〕
どれ	哪一個：三個選項以上	いつ	什麼時候、何時
どの＋〔名詞〕	哪一個＋〔名詞〕：三個選項以上	いくら	多少錢
どこ	哪裡	何歳(なんさい)	幾歲
どこの＋〔名詞〕	那裡的＋〔名詞〕：產地、品牌	おいくつ	幾歲（禮貌語氣）
		どのくらい	1. 多少：程度 2. 多久

❶ 初級文法基礎篇
❷ 初級文法延伸篇
❸ 進階文法基礎篇
❹ 進階文法延伸篇

📖 文法小提醒

日語的指示代名詞主要有「こ、そ、あ、ど」這四種，「こ」開頭的是代表「這…」、「そ」和「あ」開頭的是代表「那…」、「ど」開頭的代表「哪…」的概念。例如「これ」是表示「這個」、「ここ」是表示「這裡」，而「こちら」則是表示「這裡、這邊」的意思。

※關於「こ、そ、あ、ど」的相關說明，請參照①名詞：非過去形的肯定句及否定句

基本上日語的「これ、それ、あれ、どれ」只能表示東西或事情，對人或動物不能使用。例如：

①**指示事、物**：これ（這個）、それ（那個）、あれ（那個）、どれ（哪個）

要用來指示人與動物的時候，必須明確地使用「この、その、あの、どの」接續。例如：

②**指示人**：この人（這個人）、その人（那個人）、あの人（那個人）、どの人（哪個人）

③**指示動物**：この猫（這隻貓）、その猫（那隻貓）、あの猫（那隻貓）、どの猫（哪隻貓）

「ここ、そこ、あそこ、どこ」及「こちら、そちら、あちら、どちら」基本上都能表示地點。但是「こちら、そちら、あちら、どちら」這組不僅能表示地點，更可以表示方向；而口語的「こっち、そっち、あっち、どっち」一般只表示方向而已。例如：

④**表示地點**：ここ（這裡）、そこ（那裡）、あそこ（那裡）、どこ（哪裡）

⑤**表示地點及方向**：こちら（這裡；這邊）、そちら（那裡；那邊）、あちら（那裡；那邊）、どちら（哪裡；哪邊）

⑥ **單純表示方向（口語）**：こっち（這邊）、そっち（那邊）、あっち（那邊）、どっち（哪邊）

表示樣態的指示代名詞有「こう、そう、ああ、どう」及「こんな、そんな、あんな、どんな」。兩者的差別在於前者不能後接名詞，但後者可以。

⑦ **指示樣態**：こう（這樣）、そう（那樣）、ああ（那樣）、どう（怎樣）

⑧ **指示樣態**：こんな＋〔名詞〕（這樣的…）、そんな＋〔名詞〕（那樣的…）、あんな＋〔名詞〕（那樣的…）、どんな＋〔名詞〕（哪樣的…）

從中文的角度理解時，一般人可能會對「そ、あ」都是「那」而產生疑惑，其實很簡單，雖然都是「那…」，但是這兩者是基於說話者為中心，距離遠近的不同而有異，以說話者的角度來看，「そ」是指示離說話者較近的位置（在靠你那邊的）、而「あ」則是指示離說話者較遠（不在我和你身邊的，可能他在那邊甚至於是沒有人在的）的位置。

📖 進階跟讀挑戰

慢速分段 11-2A.MP3　慢速連續 11-2B.MP3　正常速連續 11-2C.MP3

❶ A：田中さんの娘さんは今おいくつですか。
　　　你的女兒現在幾歲了？
　B：今年3歳になりました。
　　　今年已經三歲了。

❷ A：あの背が高い人はどなたですか。
　　　那個身高很高的人是誰？
　B：鈴木さんです。A社の部長ですよ。
　　　是鈴木先生，是A公司的經理。

❸ A：このパソコン（は）いくら？田中さんのパソコンとどっちが便利？

　B：安いパソコンだよ。田中さんのパソコンのほうが便利。

這台電腦要多少錢？和田中的電腦相比，哪一台比較方便？

這是便宜的電腦！田中先生的電腦比較方便。

❹ A：このワインはとてもおいしいですね。どこのワインですか。

　B：これはフランスのワインです。

這個紅酒非常好喝呢！是哪裡的紅酒呢？

這是法國的紅酒。

12 動詞：非過去形的肯定句

　　動詞是日語中很複雜的一環，應用上變化多端，我們從最基本的開始來了解。動詞最基礎的形態稱之為「辭書形（即辭典上能查到的基本形態）」，亦稱之為「原形」。結尾以「う（u）段音」假名呈現，例如：「～う（u）、～く（ku）、～す（su）、～つ（tsu）、～ぬ（nu）…）」等等，這個形態本身也是「非過去肯定形」的概念。大體上來說，日文分為他動詞及自動詞兩種，前者用於表達動作及產生能影響到其他人、事、物的作用，後者則表示與狀態相關的動詞。

　　表示「動作、產生作用力」的他動詞原形應用於「未來將會發生」或是「每一天或一次次會反覆發生的事」，例如說：「食たべる」的意思是「吃」，但嚴格來說中文應該是「（將來）要吃」的才精準（因為吃這件事，你會一直反覆發生）。我們以後面的句子「人ひとは毎日まいにちご飯はんを食たべる」為例，這句話中的「食たべる」自然是普遍會常常發生的情況，所以中文也應該是「人每天都**要吃**飯」才夠準確。

　　在日語的句子中，「主詞」是很重要的文法之一，要彰顯出一個句中的主詞，就需要靠助詞賦予其明確的地位。因此，助詞與動詞的關係密不可分。所以要學好動詞句，我們也要同步先了解一些助詞才行。剛學時我們可以先簡單的這樣認知，在日語句中，接在名詞之後的平假名，往往都是助詞，表示著各種不同的功用。例如：「私わたしは日本人にほんじんだ」的「は」是助詞之一，代表大主語，即這個句中後續內容的主題；「ご飯はんを食たべる」的「を」也是助詞，最基本的用途是表示控制（及物）的對象，有一點像中文「把…」的概念。當然「を」還有其他完全不同的用法，目前我們先了解其基本的意義。

　　助詞「で」有兩種不同的基本概念，其一是表示範圍，以「日本料理にほんりょうりで寿司すしが一番いちばんおいしい（在日本料理中壽司最好吃）」這句話來說，「で」表示在前述名詞「日本料理にほんりょうり」的這個範圍之中的意

❶ 初級文法基礎篇
❷ 初級文法延伸篇
❸ 進階文法基礎篇
❹ 進階文法延伸篇

思。而搭配動詞時，表示動作的範圍或活動的地點；第二個是表示「手段、方法、工具」的意思。例如搭乘交通工具的句子中，該交通工具也視為是一種「手段」，所以也是用「で」表示。

※關於「で」的相關說明，請參照⑥比較

助詞「へ」可以表示移動的目的地或方向，**當「へ」當作助詞使用時，讀音是「e」而不是「he」**囉！當「へ」搭配移動性動詞的時候，可以與表示歸著地點的「に」互換。但嚴格來說「へ」和「に」的概念還是有一點差距，所以先了解並不是所有句子的「へ」和「に」都可以互換使用。

※關於「で」的使用及與「へ」比較相關說明，請參照⑱助詞（一）

📖 跟讀練習

慢速 12-1A.MP3　正常速 12-1B.MP3

動詞的原形應用

私(わたし)は明日(あした)働(はたら)く。
我明天要上班。

私(わたし)は家(いえ)で昼(ひる)ご飯(はん)を食(た)べる。
我在家裡吃午餐。

鈴木(すずき)さんは毎日(まいにち)パソコンで日記(にっき)を書(か)く。
鈴木先生每天用電腦寫日記。

田中(たなか)さんは来週(らいしゅう)新幹線(しんかんせん)で大阪(おおさか)へ行(い)く。
＝田中(たなか)さんは来週(らいしゅう)新幹線(しんかんせん)で大阪(おおさか)に行(い)く。
田中先生下個星期搭新幹線去大阪。

📖 文法小提醒

助詞「を」共有三種不同的意思，首先是當及物的助詞用，也就是提示前述名詞為動作及作用產生可以影響到的對象，有點像中文「把…」的意思。

財布からお金を出す。　　　　　　　　　從錢包掏出錢。
かばんを床に置く。　　　　　　　　　　把包包放在地板上。
私は毎晩日記を書く。　　　　　　　　　我每天晚上寫日記。

　　第二種用法是「を」前接場所、地點名詞，後接移動性的自動詞，表示以「を」的場所為出發點並開始向外移動。此項用法與另一個表示起點的「から」相通，但是「から」包涵的意義更廣，它除了出發點以外，也可以表示開始的時間、某段範圍的起點（區間、長度…）。因此，並非所有使用「から」的句子，都可以用「を」取代。請看下面的例句：

バスを降りる。　　　　　　　　　　　　我下公車。
＝バスから降りる。
新幹線は9時に東京駅を出発する。　　　新幹線九點從東京車站出發。
＝新幹線は9時に東京駅から出発する。
午後1時から2時まで日本語の授業だ。　從下午一點到兩點是日文課。
《×》午後１時を２時まで日本語の授業だ。
来週の試験の範囲は教科書の25ページから35ページまでだ。
下個星期的考試範圍為從教科書第25頁到第35頁。
《×》来週の試験の範囲は教科書の２５ページを３５ページまでだ。

　　第三種跟第二種用法也很相像，「を」前接的場所、地點名詞，也是後接移動性的自動詞，但是在另一層的意義中是指「經過的地方」。以「道を渡る（過馬路）」為例，這時候可以把馬路試想為一個大的空間，它既不是出發點，更不是目的地，只是一個經過的地方而已。再一個例子，以「郵便局ゆうびんきょくの前まえを通とおる」來說，一樣郵局不是出發點、也不是目的地，就是從它的前面經過。最後我們來想一下，「家いえの近ちかくを走はしる」，字面上是「跑過家的附近」，那他實際上是什麼意思呢？把家裡的附近當作一個很大的空間來想，從家裡出發、跑過家附近、最後回到家才結束，因此「家的附近」就是不難想像是一個中間經過的地點。

道を渡る。　　　　　　　　　　　過馬路。

郵便局の前を通る。　　　　　　　通過郵局前面。

家の近くを走る。　　　　　　　　在家的附近跑步。

📖 進階跟讀挑戰

慢速分段 12-2A.MP3　慢速連續 12-2B.MP3　正常速連續 12-2C.MP3

❶ 明日は出張だから、朝6時に起きる。

因為明天要出差，需要早上六點就起床。

❷ 私は今週の日曜日ジムへ行く。それから夫とレストランへ行く。

我這個星期天要去健身房，然後跟老公一起去餐廳。

❸ 私は来週、友達と一緒に新宿で新しい映画を見る。

我下個星期和朋友一起去新宿看新片。

❹ 田中さんは仕事の前にいつもコーヒーを飲む。

田中先生總是上班之前喝咖啡。

13 動詞：〜する

之前有稍稍提過的「する（做）」是一個特別的動詞，它除了可以單獨使用，也可以前接一部分的名詞，**這種名詞多數是以兩個漢字為前提的詞彙**，例如「勉強_{べんきょう}（を）する（用功、念書）」。

在結構上，名詞「勉強_{べんきょう}」和「する」結合成「勉強_{べんきょう}する」時，就視之為一個動詞；而如果兩者之間多了一個「を」變成「勉強_{べんきょう}をする」時，就必須視為前後兩個分開的詞彙，此時「勉強_{べんきょう}」就是一個單獨的名詞，而「する」就是單獨的一個動詞。

因此承上所述，假若我們要表達「學習日文」時，有後述兩種正確的說法。一是「日本語_{にほんご}を勉強_{べんきょう}する」，另一種則是「日本語_{にほんご}の勉強_{べんきょう}をする」；**兩者的差異在於前者是將本課重點的動詞「する」結合**「勉強_{べんきょう}」之後，**使其動詞化**，再對之前的「日本語_{にほんご}」產生動作。而**後者則是「する」單獨發揮作用**，對之前名詞修飾名詞的「日本語_{にほんご}の勉強_{べんきょう}（日語的學習）」產生動作。

理解時要注意，從中文的角度來想時，有些表現不會有「做」，但是在初級的日語中「する」卻是不可或缺的，例如：「宿題_{しゅくだい}をする（寫功課）」、「ゲームをする（玩游戲）」、「サッカーをする（踢足球）」、「野球_{やきゅう}をする（打棒球）」、「スキーをする（滑雪）」，裡面沒有一個中文有「做」，但是日文都有「する」。這些都是固定的說法，不能忽視喔！

📖 跟讀練習

慢速 13-1A.MP3　　正常速 13-1B.MP3

「する」的應用

私_{わたし}は毎週_{まいしゅう}日本語_{にほんご}を勉強_{べんきょう}する。　　我每週都學習日語。
＝私_{わたし}は毎週_{まいしゅう}日本語_{にほんご}の勉強_{べんきょう}をする。

私は毎週日曜日、午後3時までピアノを練習する。
我每個星期天都練習鋼琴到下午三點。

田中さんはいつも図書館で宿題をする。
田中先生每次都在圖書館寫作業。

私はスマホでゲームをする。　　　　　我用手機玩手遊。

私は明日公園でサッカーをする。　　　明天我會在公園踢足球。

息子は毎日学校で野球をする。　　　　我兒子每天都在學校打棒球。

鈴木さんは来月北海道でスキーをする。
鈴木先生下個月會去北海道滑雪。

📖 文法小提醒

　　我們在第②單元的時候已經學過「まで」是「到…」的意思。前接時間點時，代表在該指定的時間點事情才會結束。例如「会議は2時までだ」表示「開會到兩點鐘結束（＝在兩點鐘前會持續開會）」的意思。但「まで」不能跟「終わる」一起使用，如果想著「會議到兩點結束」而說了「会議は2時まで終わる」的話，此時日文會變成「開會到兩點一直持續著結束」概念，句子就明顯錯誤了。

私は今日8時まで仕事をする。　　　我今天要班到八點。

田中さんは再来年の夏まで海外で働く。
田中先生一直到後年夏天都會在國外工作。

今日は眠くなるまで漫画を読む。　　今天我會看漫畫看到想睡為止。

　　在「まで」後面加個「に」變成「までに」時，意思又整個不同了。這時指的是一個指定的期限，表示「（最晚在）…之前」的意思，跟「時間的持續」就無關了。例如「会議は2時までに終わる」表示「會議最晚會在兩點鐘前結束」的意思，這時候就沒有「到兩點鐘一直結束」的含義在了。

私は来週の水曜日までにレポートを書く。
我在下個星期三之前要寫報告。

私は今日8時までに会社へ行く。
我今天要在八點之前到公司。

映画が始まるまでに映画館へ行く。
我要在電影開始前趕到電影院。

此外,「～まで」除了時間以外,也可以表示範圍;但是「～までに」只能應用在時間方面。

1. 教科書の10ページまで読む。 我要讀到教科書第十頁。
《×》教科書の10ページまでに読む。

📖 進階跟讀挑戰

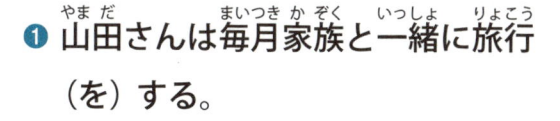

慢速分段 13-2A.MP3　慢速連續 13-2B.MP3　正常速連續 13-2C.MP3

❶ 山田さんは毎月家族と一緒に旅行（を）する。
山田先生每個月都和家人一起去旅遊。

❷ 佐藤さんは今年の8月に彼女と結婚する。
佐藤先生今年八月份和女朋友結婚。

❸ 私は来年高校を卒業する。
我明年要就要高中畢業。

❹ 私は今週東京で仕事（を）する。
這個星期我要在東京工作。

❺ 今年の12月までにN4の文法まで勉強する。
我到今年十二月之前學到了N4的文法。

14 動詞：辭書形與ます形（禮貌形）及疑問句

動詞非過去肯定形稱為「辭書形、原形」，也是普通形；另外非過去肯定形的動詞表現還有禮貌形。從普通形變成禮貌形的過程因動詞類型的不同而有異，但殊途同歸最後就會變成結尾「ます」的形態，故亦稱為「ます形」[2]。

日文的動詞可以分為三種不同的類型，分別是「Ⅰグループ（第一類動詞）」、「Ⅱグループ（第二類動詞）」、「Ⅲグループ（第三類動詞）」，且每種變化的規則都不同。

為了方便說明，本單元從「第三類動詞」開始講起。**第三類動詞只有兩個詞彙**，分別是「カ行變格活用動詞」的「来_くる（來、過來）」及「サ行變格活用動詞」的「する（做）」這兩個而已。其ます形的變化方法是「来_くる」→「来_きます」，而「する」則是「します」。因為這類動詞的變化無規則可循，所以其變化方式只能死背而已。

「第二類動詞」的快速辨認方式是**當以「る」為結尾的時候，裡面會有許多的動詞是屬於第二類動詞**（但請注意，**仍會有一些是屬於第一類動詞**）。第二類動詞ます形的變化方法很簡單，只要把結尾的「る」直接去除，替換成「ます」就可以了。例如：「食_たべる（吃）」→「食_たべます」、「開_あける（打開）」→「開_あけます」、「見_みる（看）」→「見_みます」…。

第一類動詞是日語中變化最困難的一類。首先來看判斷它的方式，**只要動詞的結尾是「う（u）段音」的假名，但不是「る」時，就全部都屬於第一類動詞**。其ます形的變化方法是將結尾的「う（u）段音」假名改成「い（i）段音」假名，然後再加上「ます」後完成。（後述的例子為了便於了解，將羅馬音也列出參考）例如：「飲_のむ Nomu（喝）」變「飲_のみます Nomimasu（む mu → み mi）」，「書_かく Kaku（寫）」變「書_かきます Kakimasu（く ku

---

[2] 正確來說「ます形」是指為了接觸ます而變化後的形態，例如「書きます」的「ます形」指示「書き」。但是廣義來說，包含「ます」的「書きます」也可以稱為「ます形」。

→き ki)」,「話はなす Hanasu（說話）」便「話はなします Hanashimasu（す su →し shi)」…。

不過有部分的第一類動詞很容易與第二類動詞發生混淆。以「帰かえる（回家）」這個動詞為例,它屬於第一類的動詞,其ます形的變化方法是將結尾的「る ru」要改成「り ri」,再接上「ます」,變成「帰かえります」;另外同樣發音的是「変かえる（改變）」便歸類在第二類動詞裡,其「ます形」就很簡單的去掉句尾「る」,替換成「ます」,變成「変かえます」就好。還有一個辨別兩者的小訣竅,不知道你發現了嗎?如果「る」前面的音不是「い(i)段音」或「え(e)段音」的假名,並且不是第三類動詞（する／くる）的話,那肯定就屬於一類動詞。例如:

「あ(a)段音假名＋る」:終おわる（結束、中止）、変かわる（變化）、座すわる（坐）…
「う(u)段音假名＋る」:送おくる（送）、（雨あめが）降ふる（下（雨））、売うる（賣）…
「お(o)段音假名＋る」:取とる（拿、取）、乗のる（搭乘）、登のぼる（登上）…

另一方面來說,若是看到「る」前面是「い(i)段音」及「え(e)段音」的假名時,真的就只能背起來了。

從上述的內容不難看出,第一類動詞具有因表達的不同,句尾轉變成「あ(a)段音、い(i)段音、う(u)段音、え(e)段音、お(o)段音」的特色,也因此它也稱為「五段活用動詞」。

此外,第二類動詞又包括了「上一段活用動詞」和「下一段活用動詞」這兩種動詞。「上一段」是「る」的前面是「い(i)段音」假名的動詞,例如「見みる Miru」、「起おきる Okiru（起床）」、「借かりる Kariru（借入）」等;而「下一段」則是指「る」的前面是「え(e)段音」假名的動詞,例如「食たべる Taberu」、「開あける Akeru」、「辞やめる Yameru（離職）」等。

動詞「ます形（禮貌形）」構成疑問句時,結尾全部都加上「か」即完成。

跟之前幾種詞性的作法相同，把句尾的「か」刪掉，並將語尾的語調上昂即完成了動詞普通形的疑問句。當然在普通形中不僅辭書形（原形）是如此，還有否定、過去的各種表現也都作法相同。

※關於普通形的動詞疑問句請分別參照「15 動詞：過去·肯定句」及「參照2→16 動詞：非過去、過去·否定句」這兩課

跟讀練習

慢速 14-1A.MP3　正常速 14-1B.MP3

第一類動詞　辭書形→ます形（禮貌形）

私は明日働く。→私は明日働きます。　我明天要上班。

王さんは来週日本へ行く。→王さんは来週日本へ行きます。
王先生下個星期要去日本。

私は今日の午後山田さんと話す。
→私は今日の午後山田さんと話します。
我今天下午會和山田先生談談。

私は新しいパソコンを買う。→私は新しいパソコンを買います。
我要買新的個人電腦。

第二類動詞　辭書形→ます形（禮貌形）

私はご飯を食べる。→私はご飯を食べます。
我要吃飯。

田中さんは来月会社を辞める。
→田中さんは来月会社を辞めます。
田中先生下個月要辭職。

私は明日早く起きる。→私は明日早く起きます。
我明天要早點起床。

鈴木さんは毎週映画を見る。→鈴木さんは毎週映画を見ます。
鈴木先生每週都看電影。

第三類動詞　辭書形→ます形（禮貌形）

鈴木さんは明日私の家へ来る。
　→鈴木さんは明日私の家へ来ます。
鈴木先生明天要來我家。

私は毎日日本語を勉強する。→私は毎日日本語を勉強します。
我每天學習日語。

疑問句：禮貌形／普通形

（此處的線上音檔中，會先播放禮貌形的對話，然後再播放普通形的會話）

A：田中さんは明日働きますか。／田中さんは明日働く？
田中先生明天要工作嗎？

B：はい、働きます。／うん、働く。　　要，要工作。

A：山田さんはタバコを吸いますか。／
山田さんはタバコを吸う？　　山田先生有抽菸嗎？

B：はい、吸います。／うん、吸う。　　有，有抽菸。

A：鈴木さんも来週のパーティーに来ますか。／
鈴木さんも来週のパーティーに来る？
下個星期的派對鈴木先生也會來嗎？

B：はい、来ます。／うん、来る。　　會，會來。

A：田中さんはどこで昼ご飯を食べますか。／
田中さんはどこで昼ご飯を食べる？
田中先生你在哪裡吃午餐呢？

B：会社の近くの定食屋で食べます。／
会社の近くの定食屋で食べる。　　我在公司附近的定食餐廳吃。

A：山田さんはどんな音楽を聞きますか。／
山田さんはどんな音楽を聞く？
山田先生你都聽怎樣的音樂呢？

B：ジャズを聞きます。／ジャズを聞く。　我都聽爵士樂。

A：鈴木さんは次の日曜日何をしますか。／
鈴木さんは次の日曜日何をする？
鈴木先生你下個星期天要做什麼呢？

B：家族とキャンプをします。／家族とキャンプをする。
我要和家人去露營。

📖 文法表格解析

	辭書形	ます形（禮貌形）
第一類動詞	〜う（u）段音假名 （例：飲む）	〜い（i）段音假名＋ます （例：飲みます）
第二類動詞	〜る（例：食べる）	〜る＋ます（例：食べます）
第三類動詞	来る	来ます
	する	します

📖 文法小提醒

　　從「ます形」也可以反推辭書形，反推前要先分清楚動詞的種類特徵才能順利進行。「ます」前接「え(e)段音」的時候，如「閉しめます（關閉）」、「晴はれます（放晴）」、「止やめます（中止）」、「忘わすれます（忘記）」等這樣「ます」前接「え(e)段音」的話，100%肯定絕對就能歸類在「第二類動詞」裡；而若像「言いいます（說）」、「書かきます（寫）」、「待

まちます（等）」、「帰かえります（回去）」這樣在「ます」前接「い(i)段音」的時候，可以大方向記住它是屬於「第一類動詞」；不過就是要留意像「置おきます（放）」及「起おきます（起床）」這種發音一模一樣，但前者屬於第一類動詞，後者卻屬於第二類的例外情況。第三類動詞就只有「来きます」和「します」兩種而已，因此請死背下來就好。

總結，**第一類動詞**從「ます形」反轉辭書形時，**把「ます」前面的「い(i)段音」改成「う(u)段音」，然後把結尾「ます」刪掉**；第二類動詞從「ます形」反轉成辭書形時就**直接把結尾的「ます」刪掉替換「る」即可**；第三類動詞是固定的，老話一句，**死記下來吧**！

📖 進階跟讀挑戰

慢速分段 14-2A.MP3
慢速連續 14-2B.MP3
正常速連續 14-2C.MP3

❶ 今週こんしゅうの土曜日どようび東京とうきょうで田中たなかさんに会あいます。
這個星期六我在東京車站和山田先生見面。

❷ 私わたしは来週らいしゅう京都きょうとへ行いきますから、電車でんしゃの時間じかんを調しらべます。
因為下個星期我要去京都，所以在查火車的時間。

❸ 私わたしは休やすみの日ひ、いつも友達ともだちと運動うんどうします。とても楽たのしいです。
假日我通常和朋友一起運動。非常開心。

❹ 私わたしはいつも夜よるじゅういち時じに寝ねます。
我通常晚上十一點就寢。

❺ 田中たなかさんは今日きょう休やすみですから、ずっと家いえにいます。
因為田中先生今天休假，所以他一直在家裡。

❻ A：山田やまださんはよく彼氏かれしとどんなところへ行いきますか。
B：水族館すいぞくかんや公園こうえんに行いきます。
山田小姐妳和男朋友常去什麼地方？
常去水族館和公園。

❼ A：鈴木さんはいつも休みの日何時まで寝ますか。
B：だいたい10時ぐらいまで寝ます。

鈴木先生通常假日你會睡到幾點？

大概睡到十點鐘左右。

❽ A：田中さん（は）ビール（を）飲む？それともワイン（を）飲む？
B：私（は）ビール（を）飲む。

田中先生你要喝啤酒呢？還是要喝紅酒？

我要喝啤酒。

❾ A：明日の会議（は）何時から始まる？
B：午後1時半から始まる。

明天的開會從幾點開始？

從下午一點半開始。

15 動詞：過去形（た形）的肯定句

在日語的結尾變化中，**「た」或「だ」的變化幾乎都是表達「過去、完成」的概念**，動詞過去形也不例外，因此動詞過去肯定形也稱之為「た形」。

這部分由於第一類動詞非常地複雜，所以我們從其他的部分開始看起。第二類動詞的變化只要把結尾的「る」直接替換「た」即可以完成「た形」變化。例如：「食たべる」變「食たべた」、「開あける」變「開あけた」、「見みる」變「見みた」，是不是很簡單呢！而第三類動詞也是老規矩，死背下來就好，「来くる」變「来きた」、「する」變「した」。

接下來是最複雜的第一類動詞。首先我們必須要了解到，這一類的動詞在變化成「た形」時，會依結尾的假名分屬在不同段裡，變化規則也不一樣。大體上就是如下四種分類：

①**結尾為「す」**：先把「す」改成「し」，然後再加上「た」，例如：「話はなす」變「話はなした」等。

②**結尾為「く」或「ぐ」**：把結尾改成「い」，再分別在後面接上「た」或「だ」。辭書形的結尾是濁音的時候，「た形」的結尾也要跟著濁音化。即「～く」的動詞要變成「～いた」，而「～ぐ」的動詞則是變成「～いだ」。但是有一個例外請額外記下來，那就是「行いく」，它的「た形」不是「行いいた（×）」，而是「行いった」。

③**結尾為「う、つ、る」**：這三種形態的動詞需將結尾改成促音「っ」，然後再加上「た」。例如：「買かう」變化成「買かった」、「持もつ」變化成「持もった」、「帰かえる」則變化成「帰かえった」等。

④**結尾為「ぬ、ぶ、む」**：這三種形態的動詞則是將結尾改成「ん」，然後再加上濁音的「だ」。例如：「死しぬ」變化成「死しんだ」、「遊あそぶ」變化成「遊あそんだ」、「飲のむ」則是變「飲のんだ」等。

📖 跟讀練習

慢速 15-1A.MP3　正常速 15-1B.MP3

第一類動詞結尾「す」的た形

私（わたし）は部屋（へや）の電気（でんき）を消（け）した。　　我關掉房間的電燈。

第一類動詞結尾「く、ぐ」的た形

公園（こうえん）の花（はな）が咲（さ）いた。　　公園的花開了。
昨日（きのう）友達（ともだち）とプールで泳（およ）いだ。　　昨天我和朋友在游泳池游泳。
私（わたし）は昨日（きのう）バスでデパートへ行（い）った。　　我昨天坐公車去百貨公司。

第一類動詞結尾「う、つ、る」的た形

田中（たなか）さんは電器屋（でんきや）でパソコンを買（か）った。
田中先生在家電行買了電腦。
先週（せんしゅう）の試合（しあい）は山田（やまだ）さんのチームが勝（か）った。
山田先生那一隊在上個星期的比賽贏了。
昨日（きのう）はタクシーで家（いえ）へ帰（かえ）った。　　昨天我搭計程車回家。

第一類動詞結尾「ぬ、む、ぶ」的た形

去年（きょねん）私（わたし）のペットが死（し）んだ。　　我的寵物去年死了。
犬（いぬ）が鈴木（すずき）さんの手（て）を噛（か）んだ。　　狗咬了鈴木先生的手。
先生（せんせい）は田中（たなか）さんを呼（よ）んだ。　　老師叫了田中先生。

第二類動詞的た形

私（わたし）は昨日（きのう）友達（ともだち）の家（いえ）で晩（ばん）ごはんを食（た）べた。　　我昨天在朋友家吃了晚餐。
田中（たなか）さんは京都（きょうと）で生（う）まれた。
田中先生是在京都出生的。
鈴木（すずき）さんは去年（きょねん）新（あたら）しい家（いえ）を建（た）てた。　　鈴木先生去年蓋了新家。

第三類動詞的た形

鈴木さんは自転車で私の家へ来た。　　鈴木先生騎腳踏車來了我家。
私は掃除機で部屋を掃除した。　　我用吸塵機打掃了房間。

📖 文法表格解析

	辭書形	た形
第一類動詞	～す（例：話す）	～し＋た（例：話した）
	～く（例：書く）	～い＋た（例：書いた）
	～ぐ（例：泳ぐ）	～い＋だ（例：泳いだ）
	※行く	※行った
	～う（例：買う） ～つ（例：持つ） ～る（例：帰る）	～っ＋た（例：買った） （例：持った） （例：帰った）
	～ぬ（例：死ぬ） ～ぶ（例：遊ぶ） ～む（例：飲む）	（例：死んだ） ～ん＋だ（例：遊んだ） （例：飲んだ）
第二類動詞	～る（例：食べる）	～る＋た（例：食べた）
第三類動詞	来る	来た
	する	した

📖 文法小提醒

　　動詞禮貌形的時態變化都是以「～ます」為出發點，要轉變成過去形肯定句的時候把結尾的「ます」改成「ました」即可。例如「飲む」的禮貌形

（ます形）是「飲のみます」，而再把它改成「飲のみました」就完成了禮貌形的過去形肯定句了。

昨日きのうはプールで3時間じかん泳およぎました。
我昨天在游泳池裡游了三個小時。

雨あめが降ふりましたから、今日きょうの試合しあいは中止ちゅうしになりました。
因為下雨的關係，今天的比賽被中止了。

A：会議かいぎの資料しりょうはどこですか。　　　開會的資料在哪裡？
B：鈴木すずきさんが会議室かいぎしつへ持もって行いきましたよ。
　　鈴木先生拿去會議室了。

此外，如果從要從禮貌的「ます形」反推變成普通的「た形」時該怎麼變化呢？

第一類動詞的話都先把ます刪除，**再把原本「ます」前面的「い(i)段音」改成其他的假名，之後再加「た」或「だ」來完成**。那麼，那個所謂的「其他的假名」請依後述的規則進行：「い(i)段音」的假名為「き」時，要變化成「い」再加上「た」。但「行いきます」是例外，直接記得要改成「行いった」、「ぎ」的話要變化成「い」再加「だ」；當是「い、ち、り」時，要先改成促音的「っ」再加「た」；「に、び、み」是變化成「ん」再加「だ」；「し」則不變，一樣維持是「し」，接著之後再加上「た」。

第二類動詞的話，「ます」前面都不改變，直接把結尾的「ます」改成「た」即可；第三類動詞依然要死背，記得「来きます」變「来きた」，「します」變「した」就對了！

📖 進階跟讀挑戰

慢速分段 15-2A.MP3　慢速連續 15-2B.MP3　正常速連續 15-2C.MP3

❶ 田中たなかさんはさっき東京駅とうきょうえきに着ついた。　　田中先生剛剛到了東京車站。

❷ 今日は汗をたくさんかいたから、服を着替えた。

因為今天流了很多汗,我換個衣服。

❸ A：もう山田さんに来週の会議の時間を伝えた？
B：うん、もう伝えた。

你已經告訴山田先生下個星期開會的時間嗎？

對,我已經告訴他了。

❹ A：先週の休みは何をした？
B：私は家の近くを2時間散歩した。

上個星期的假日你在做什麼？

我在我家附近散步了兩個小時。

16 動詞：非過去形及過去形的否定─ない形

要表達動詞非過去式否定形時，終究最後結尾都會轉變成「ない」，因此動詞的非過去的否定形便稱之為「ない形」[3]。（本單元講述的是普通形的「ない形」）

接下來同樣依動詞不同的種類來說明變化的方式。

第一類動詞的「ない形」變化首先要把結尾「う(u)段音」的假名直接改成「あ(a)段音」的假名，然後再加上「ない」。例如：「飲のむ」變化成「飲のまない」、「行ぃく」則變化成「行ぃかない」。當然，例外又來了，這裡要注意**當第一類動詞的結尾要變「あ(a)段音」的時候，あ行裡的「う」不是變成「あ」，而是變成「わ」**（唸的時候也是要唸「wa」）。例如：「吸すう」要變化成「吸すわない」。此外，「ある」的「ない形」不會變成是「あらない(×)」，而是直接改成「ない」就行了，不要弄錯囉！

第二類動詞就很容易，只要將只要結尾的「る」直接改變成「ない」即可。例如：「食たべる」變「食たべない」；而第三類動詞則是「来くる」變成「来こない」、「する」變「しない」。

至於「ない形」過去形更加容易，上述所有動詞變成「ない形」之後，再依形容詞的作法，將結尾的「ない」改成「なかった」即可以順利轉變為過去形的否定。

---

[3] 正確來說「ない形」是指可以接「ない」的動詞變化，例如「飲まない」的「ない形」是「飲ま」，「食べない」的「ない形」是「食べ」。但是廣義地說包含「ない」的「食べない、飲まない」也可以稱之為「ない形」。

📖 跟讀練習

慢速 16-1A.MP3　　正常速 16-1B.MP3

第一類動詞的「ない形」及其過去形

田中さんはお酒を飲まない。　　田中先生不喝酒。
私は来週の木曜日会社へ行かない。　　我下個星期四不去公司。
鈴木さんはタバコを吸わない。　　鈴木先生不抽菸。
私はお金がない。　　我沒有錢。

昨日は雨が降らなかった。　　昨天沒有下雨。
山田さんはその靴を買わなかった。　　山田先生沒有買那雙鞋子。

第二類動詞的「ない形」及其過去形

私は全然ドラマを見ない。　　我完全不看連續劇。
田中さんはあまり肉を食べない。　　田中先生很少吃肉。

昨日はあまり寝なかった。　　昨天睡得很少。

第三類動詞的「ない形」及其過去形

私は明日仕事をしない。　　我明天不上班。

田中さんはおとといで学校へ来なかった。　　田中先生前天沒有來學校。
私は先月あまり運動しなかった。　　我上個月很少運動。

📖 文法表格解析

	辭書形	ない形	ない形的過去形
第一類動詞	～u（例：飲む）	～a＋ない（例：飲まない）	～a＋なかった（例：飲まなかった）
第二類動詞	～る（例：食べる）	~~る~~＋ない（例：食べない）	~~る~~＋なかった（例：食べなかった）
第三類動詞	来る	来ない	来なかった
	する	しない	しなかった

📖 文法小提醒

　　動詞禮貌形的否定也是從「ます形」為起點開始變化，只要將結尾的「ます」改成「ません」就可以表達非過去形的否定之意。例如：「飲む」先變化成「飲みます」接著再變化成「飲みません」即完成。如果是過去否定，把結尾的「ます」改成「ませんでした」即可。例如「飲みます」改成「飲みませんでした」就能輕鬆表達出禮貌形的過去否定。

$$飲む \begin{matrix} \to 飲みます \to 飲みません \\ \to 飲みます \to 飲みませんでした \end{matrix}$$

　　此外，要將「ます形」反推「ない形」時，具體的做法如下：

　　第一類動詞的話，一樣先把「ます」刪除，將「ます」前面的「い(i)段音」變成「あ(a)段音」，後面再加上「ない」（但是記得如果「ます」前的假名是あ行的「い」，那就變成「わ」後，再加上「ない」）。此外「あります」是個例外，變化時不是「あらない」，而是直接用「ない」即可。

　　第二類動詞的話，「ます」前面都不會變，直接把「ます」替換成「ない」即可；第三類動詞依舊是不規則的，只能直接把「来ます」轉變成「来ない」、「します」轉變成「しない」給背起來。

📖 進階跟讀挑戰

❶ 山田さんは自分で何も考えない。

山田先生他自己完全都不思考。

❷ 鈴木さんは趣味で小説を書くが、誰にも見せない。

鈴木先生的興趣是寫小說,但是他都不給別人看。

❸ A:新幹線の時間に間に合った？

B:一生懸命走ったけど、間に合わなかった。

你趕上新幹線的時間了嗎？

我已經死命地跑了,最後還是沒趕上。

❹ A:昨日は富士山が見えた？

B:天気が悪くて全然見えなかった。

昨天看得到富士山嗎？

因為天氣不好,所以完全沒看到。

17 邀約及勸誘

　　日語動詞轉變為非過去形否定的疑問句時，其中一項功能是表達出「邀約及勸誘」的語氣。本單元便要是來提這部分的各種表現。在非過去形否定的疑問句中，不論是**轉變成「～ない？」或「～ませんか」**，都可以表達出「…要不要（一起）做…？」的意思。在表達這種邀約的時候，通常會與「一緒いっしょに（一起）」及「良よかったら、良よければ（可以的話）」這些詞彙及句型一起使用。（與「良よければ」相比，「良よかったら」較為口語）

　　那除了上面這兩種方式之外，還有「～ましょう（我們做…吧！）」的說法一樣能達到邀約的效果。「～ましょう」是動詞的禮貌形之一，文法變化就是把「ます形」的結尾「ます」直接替換「ましょう」的即可。

　　從文法面上來看，「～ない？」和「～ませんか」是徵求對方同意的疑問句型，自然能表達出邀約的功效；而「～ましょう」則非，且因為非提問而是要求別人一起做自己的提議，所以在語氣上會更加地積極強烈。此外，當遇到他人以「～ましょう」對自己進行邀約時，亦可以用「～ましょう」的方式作為接受對方邀約的回應。

　　而如果接受邀約，除了「～ましょう」之外，還可以「いいですね」加以回應。結尾的「ね」的基本語義是表達出話者的「同感」，因此「いいですね」可謂是「我也覺得很好」的意思，亦等同是「好啊！」的回覆。（以普通形回應時也必須使用「ね」，即「いいね」的表現。

　　如果想拒絕對方邀請，首先要記得先從「すみません、ちょっと…」開始發話，這句話原本的意思是「不好意思，是有一點…」，透過這句話進而隱喻地跟對方表示「有點不方便」，即委婉地表達出「不行」的態度。此外，「不好意思」的口語說法是「ごめんなさい」，與「すみません」相比之下，語氣更加隨興。

📖 跟讀練習

慢速 17-1A.MP3　正常速 17-1B.MP3

各種邀約及勸誘

来週の日曜日一緒にご飯を食べない？
＝来週の日曜日一緒にご飯を食べませんか。
下個星期天要不要一起去吃飯？

来週の日曜日一緒にご飯を食べましょう。
下個星期天一起去吃飯吧！

良かったら、田中さんもパーティーに行かない？
＝良ければ、田中さんもパーティーに行きませんか。
可以的話，你要不要也去派對？

良ければ、田中さんもパーティーに行きましょう。
可以的話，你也一起去派對吧！

A：今日一緒に帰りませんか。／今日一緒に帰りましょう。
　　今天要不要一起回家？／今天一起回家吧！

B：いいですね。　　　　　　　好啊！

A：今日一緒に帰らない？　　　今天要不要一起回家？

B：いいね。　　　　　　　　　好啊。

A：今度一緒に飲みませんか。／今度一緒に飲みましょう。
　　下次要不要一起去喝酒？／下次一起去喝酒吧！

B：すみません。ちょっと…。　　不好意思，有點不太方便…。

A：今度一緒に飲まない？　　　　　　下次要不要一起去喝酒？
B：ごめんなさい。ちょっと…。　　　不好意思，我有點不太方便…。

📖 文法小提醒

　　日語中的「不好意思、抱歉」依禮貌程度的不同，有許多不同的表達方式。一般我們使用頻率最高的是「すみません」，它也是禮貌程度最標準的主要表達用語。但在這之上還有「申し訳ありません」和「申し訳ございません」這兩種禮貌程度更高的說法。「ございません」是「ありません」的敬語，因此其的禮貌程度自然比「ありません」還高，也是禮貌程度最高的表達方式。

　　此外，之前提到的「ごめんなさい」比較口語及不正式的說法，因此僅限用於與朋友、家人等不必客氣的對象使用。它還可以再簡略成「ごめん」的說法，但相對的禮貌程度再打折扣了。再往下一層還有禮貌程度最低的說法「悪い」，大致等於中文的「是我的錯、是我不好」，這些都只能對很不需要客氣的對象才能使用。

　　從文法面來看，「すみません」還可以回推「すむ（對得住）」再變化出「すまない」的表現。「すまない」自然就是「すみません」的普通形，但應用時要注意以下兩點，第一、「すまない」的語氣聽起來很生硬，有點過於嚴肅的印象；第二、「すまない」通常只在文學作品中看得到。基於前述兩點可知，「すまない」並不適合應用於實際上的對話之中。

　　所以今天如果面對的對象是客人或是地位比自己高的人道歉時，至少要用到「すみません」，不然會讓對方感到誠意不足，說不定會更惹怒對方。

申し訳ございません。　　　　　　非常抱歉。（禮貌程度最高）
申し訳ありません。　　　　　　　非常抱歉。
すみません。　　　　　　　　　　不好意思。
すまない。　　　　　　　　　　　是我不好（請原諒）。

ごめんなさい。	對不起。
ごめん。	對不起。
悪(わる)い。	對不起。

📖 進階跟讀挑戰

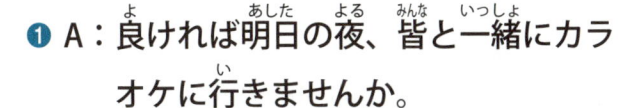

慢速分段 17-2A.MP3　慢速連續 17-2B.MP3　正常速連續 17-2C.MP3

❶ A：良ければ明日(あした)の夜(よる)、皆(みな)と一緒(いっしょ)にカラオケに行(い)きませんか。
　B：いいんですか。ぜひ行(い)きましょう。

可以的話，明天晚上要不要和大家一起去卡拉OK？
可以嗎？那就一起去吧！

❷ A：来週(らいしゅう)の火曜日(かようび)一緒(いっしょ)に新宿(しんじゅく)で映画(えいが)を見(み)ない？
　B：ごめん。その日(ひ)はちょっと…。

下個星期二要不要一起去新宿看電影？
不好意思，那天不太方便。

❸ A：今日(きょう)はもう遅(おそ)いですから、帰(かえ)りましょう。
　B：私(わたし)はもう少(すこ)し頑張(がんば)ります。

今天已經太晚了，回家吧！
我再趕（努力）一下。

18 助詞（一）－與に相關

「助詞」是日語中舉足輕重的關鍵文法之一。日語的「助詞」不能單獨使用，一定要接在名詞後面才發揮其意義。每一個不同的助詞都有其各自的涵義，因此如果用錯助詞，可能整句話的意思就截然不同了，甚至於會變成無法看懂的一句錯誤表達，所以在學習日語時，是否能釐清助詞的意義至關重要。因此在這個單元中，我們先來整理各種「に」的使用方法。

1)〔時間點〕＋に：在…（某個時間）
句型中的〔時間點〕一般指「時間、日期」的相關表達用語。一般來說，像「1時いちじ（1點）、2時にじ（2點）、3時さんじ（3點）…」、「1月いちがつ、2月にがつ、3月さんがつ…」這類**含有具體數字的時間詞來說，後面就需要接續「に」**；那像是在應用「昨日きのう（昨天）、今日きょう（今天）、明日あした（明天）…」、「先月せんげつ（上個月）、今月こんげつ（這個月）、来月らいげつ（下個月）…」這一類**不含具體數字的時間詞時，「に」就省略不加**；如果是**特別的在講「星期」時**，像「月曜日げつようび（星期一）、火曜日かようび（星期二）、水曜日すいようび（星期三）…」等，**加不加「に」都無所謂**。

此外，原則上只要**在「固定的節慶（時間點）」上**，例如：「クリスマス（聖誕節）、誕生日たんじょうび（生日）…」等詞彙中即使裡面沒有明確的數字，也需要加上「に」。

2)〔存在的地方〕＋に：（靜態地）在…（某個地方）
「に」也可以表示存在的場所，作此用法時，後面要搭配，像「いる（有、在）」、「ある（有、在）」、「住すむ（住）」、「泊とまる（住宿）」等**表示靜態性的存在動詞**。相對地如果想表示「動作進行的場所」時不是用「に」，而是要用「で」才正確。因此，如果我們是從中文的思維試圖表達出「在…」時，要先看的句子後面表達的是靜態性的還是動態性的動詞，才能夠從「に」跟「で」去選出正確的助詞加以應用。

※關於「で」的相關說明，請參照⑫動詞：非過去形的肯定句

3)〔對象〕＋に：對…

「に」也可以表示對象。通常在此一用法下，會後接針對他人進行動作用的動詞。例如：「送おくる（寄、送）」、「質問しつもんする（提問）」等。

4)〔目的地〕＋に：到…

「に」也可以表示目的地。當表示目的地時，通常要後接移動性的動詞，如我們已經很熟悉的「行いく（去）」、「来くる（來）」、「帰かえる（回去）」等。嚴格來說，這時候的「に」指的是一個「歸著點」，即透過某移動性的動作後到達的地點，自然地「に」前面的用語就必須限定在方向、場所、地點等名詞上。在此一用法中，大部分的情況可以跟「へ」互通。但是「へ」代表的是「目標的方向、方位」，即強調從出發地點開始移動的方向。因此，像「座すわる（坐）」這種要明確到達某一個地點的動詞，就只能使用「に」，不能使用「へ」喔！（中文也不會有「向學校坐定」這種說法吧！）

※關於「へ」的相關說明，請參照⑫動詞：非過去形的肯定句

📖 跟讀練習

慢速 18-1A.MP3　正常速 18-1B.MP3

〔時間點〕＋（に）

私わたしは毎日まいにち7時じに起おきる。　　　我每天七點起床。

私わたしは火曜日かようび（に）東京とうきょうでコンサートを見みる。
我星期二要去東京看演唱會。

A：田中たなかさんは何月なんがつに東京とうきょうへ来くる？　田中先生幾月要來東京？
B：5月ごがつに東京とうきょうへ来くる。　　　　他五月的時候來東京。

去年きょねんのクリスマスにレストランで食事しょくじをした。
去年的聖誕節，我在餐廳吃飯。

〔存在的地方〕＋に

　　　机の上にパソコンがある。　　　　　　　桌上有電腦。
　　　ベッドの下に猫がいる。　　　　　　　　貓在床的下面。

　　　A：先生はどこにいる？　　　　　　　　老師在哪裡？
　　　B：教室にいる。　　　　　　　　　　　在教室。

〔對象〕＋に

　　　私は明日駅で友達に会う。　　　　　　　我明天在火車站和朋友見面。
　　　山田さんは鈴木さんに荷物を送った。　　山田先生寄行李給鈴木先生。

　　　A：誰にこの文法を聞いた？（＝誰にこの文法を質問した？）
　　　　這個文法你問了誰？
　　　B：先生に聞いた。（＝先生に質問した。）
　　　　我問了老師。

〔目的地〕＋に

　　　昨日タクシーで家に帰った。（＝昨日タクシーで家へ帰った。）
　　　昨天我搭計程車回家。

　　　A：次の連休はどこに行く？（＝次の連休はどこへ行く？）
　　　　下次連休你要去哪裡？
　　　B：京都と奈良に行く。（＝京都と奈良へ行く。）
　　　　我要去京都和奈良。

　　　椅子に座る。　　　　　　　　　　　　　坐在椅子上。
　　　《×》椅子へ座る。
　　　8時の電車に乗る。　　　　　　　　　　坐八點的火車出發。
　　　《×》8時の電車へ乗る。

📖 文法小提醒

之前提到的「いる」和「ある」的基本概念是「存在」。兩者的差異在於「いる」表示的是人與動物的存在、而「ある」表示的就是人與動物以外的存在，好比說：植物、物品、事情、時間、建築物、空間…等。簡單總結，就是「いる」指示的主體是有生命、會自體活動之物（不含植物），而「ある」指示的主體則是無生命的事物。

公園に男の子がいる。　在公園裡有一個男孩。（有生命）
公園に犬がいる。　　　在公園裡有一條狗。（有生命）
公園に花がある。　　　在公園裡有花。（有生命。但為植物）
公園にベンチがある。　在公園裡有長椅子。（無生命）
あそこに公園がある。　那邊有公園。（無生命）

使用「いる」和「ある」造疑問句時可依疑問詞來決定該用哪一個。例如想問「誰在公園裡？」，疑問詞為「誰（指人。有生命）」，動詞當然就使用「いる」。如果想問「有什麼動物在公園裡？」的話，因為「動物有生命且會自體活動」，當然動詞就要用「いる」。相對的，疑問詞是問某事、物的「何なに（什麼。無生命）」時，自然就是用「ある」了。

公園に誰がいる？　　誰在公園？
公園に何がいる？　　在公園裡有什麼動物？（日語原文是指定問有生命物）
公園に何がある？　　在公園有什麼東西？（日語原文是指定問無生命物）

此外，「いる」和「ある」也可以表達「擁有」的概念。例如「私わたしはお金かねがある」這句表示「我有錢」，並不是表示錢存在的位置。

擁有的內容並不一定指具象的物體，如「有事情」、「有預定計畫」等抽象的事情也可以使用「ある」。但是，如果提及的是人或動物時，一樣要使用「いる」才行。例如，想要表達「我有兄弟」、「我有戀人」等內容時，日語還是得用「いる」，不能用「ある」喲！

田中さんは車がある。　　　　　　　　田中先生有汽車。
私は3時に友達と約束がある。　　　　我在三點時和朋友有約。
鈴木さんは妹がいる。　　　　　　　　鈴木先生有妹妹。
山田さんは友達がたくさんいる。　　　山田先生有很多朋友。

　　總結下來，「いる」和「ある」都有「有、在」的意思，但日語的應用必須依內容看是「人、動物」還是「事、物」，才能決定要使用「いる」或「ある」。不能輕易地認為「在」就是「いる」、「有」就是「ある」，這樣會愈學愈錯喔！

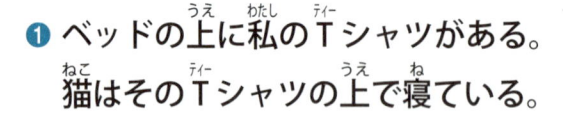

進階跟讀挑戰

慢速分段 18-2A.MP3　　慢速連續 18-2B.MP3　　正常速連續 18-2C.MP3

❶ ベッドの上に私のTシャツがある。　　　在床上有我的T恤。貓咪睡在那
　　猫はそのTシャツの上で寝ている。　　件T恤上面。

❷ 私は大きなデパートで恋人にきれい　　我在大間的百貨公司買了送給女
　　な指輪を買った。　　　　　　　　　　朋友的戒指。

❸ A：お父さんは何時に薬を飲む？　　　你的爸爸幾點時要吃藥？
　　B：父は毎日午前9時と午後5時に　　　我的爸爸每天早上9點及下午5
　　　　薬を飲む。　　　　　　　　　　　點時要吃藥。

❹ A：昨日は何を作った？　　　　　　　昨天做煮了什麼菜呢？
　　B：冷蔵庫にチーズがたくさんあっ　　因為在冰箱裡有許多的起司，所
　　　　たので、家族にチーズケーキを　　以我做了起司蛋糕給家人們吃。
　　　　作った。

19 助詞（二）—與と相關

　　日語的「と」的基本概念是在「名詞＋と＋名詞」時表示「並列」、在「名詞＋と＋動詞」時，表示主詞與「と」前面的名詞形成一個共同性的行為或是相互發生動作的概念。本單元會將與「と」相關的句型詳細分析：

1)〔名詞＋と＋名詞〕，表示並列的「和、與」

　　最簡單的「と」等同中文的「和、與」的意思。故「AとB」就是「A和B」的意思，要注意在此用法下，「A、B」都只能是名詞的詞彙。

2)〔名詞＋と＋名詞～が　いる／ある〕

　　在並列的表現之後再加上「～が　いる／ある」，就能**表示「有A和B」的意思**。記得有生命物（植物除外）要用「いる」、無生命物要用「ある」。

3)〔名詞＋と＋（一緒に）＋〔動詞〕〕

　　在這個句型中，可以在「と」的後面追加搭配了「一緒(いっしょ)に」，使其**更具體地表示與主詞與前面的「名詞」產生一起進行某動作的意思**。

4)〔名詞＋と＋〔動詞〕〕

　　在這個句型中，指**主詞與前面的「名詞」相互進行某動作的意思**。

　　補充一點，「と」與前者的關係是有互動性的存在，如果說是「山田(やまだ)さんと話(はな)す」，那就是「我跟山田都有講話」，但同一個句子如果把「と」改成了「に」變成「山田(やまだ)さんに話(はな)す」的話，意思就轉變成「我對山田說話，從山田的角度就只有聽我講」而已了。

5)〔具體內容〕＋と＋〔動詞〕

　　在「と」之後可以接續一些如：「言(い)う（說）」、「思(おも)う（認為、覺得）」、「書(か)く（寫）」等表達言行及思考等動作的動詞，**來表述話者想要描述的具體內容**。

　　具體內容自然是指引用一段具體的內容描述。例如有一個句子是「私(わたし)は日記(にっき)を書(か)きました（我寫了日記）」，從這句話中我們只能知道「我

寫了日記」這件事，但不知道日記的內容是什麼，所以這就不是我們正在說的「具體內容」（因此助詞用「を」）；另外再看一個句子，「私（わたし）は今日（きょう）は暑（あつ）いと書（か）きました（我寫了今天很熱）」，從這句話中我們具體的知道「我寫了（今天很熱）」這件明確的事實（或看法），自然就歸屬在具體內容裡，就是在這種情況下，要在具體的內容後面加上助詞「と」。

不論是否是需要展現禮貌的對話場合，具體內容的表述一般都是使用普通形構成。雖然也是有用禮貌形的時候，但是相當少見。

附帶一提，這個「と」的用法應用在疑問句中，在疑問詞「何（什麼）」及「どう（怎麼）」的接續上有一個很明確的差別請記下來。如果提問的內容是「要說什麼？」、「說了什麼？」時，後面自然也分別要加「と」構成「何（なん）と言（い）う？」、「何（なん）と言（い）った？」的句型。但是如果提問的，是「怎麼說？」時，正確的表現方式會變成「どう言（い）う？」，也就要把「と」刪除掉喔！

📖 跟讀練習

慢速 19-1A.MP3　正常速 19-1B.MP3

表示並列

これは私（わたし）のかばんとコートだ。　　這是我的包包和外套。

表示並列存在

テーブルにペンとノートがある。　　在桌上有筆和筆記本。
鈴木（すずき）さんと山田（やまだ）さんが公園（こうえん）にいる。　在公園裡有鈴木先生和山田先生。
私（わたし）はスマホとパソコンがある。　　我有手機和電腦。

表示產生共同性的行為

私（わたし）は明日（あした）友達（ともだち）と（一緒（いっしょ）に）遊園地（ゆうえんち）へ行（い）く。
我明天和朋友一起去遊樂園。
私（わたし）は公園（こうえん）で犬（いぬ）と（一緒（いっしょ）に）遊（あそ）んだ。　　我在公園跟狗狗一起玩。

私は毎週彼氏と（一緒に）ご飯を食べる。
我每個星期都和男朋友一起去吃飯。

表示產生互動的行為

私は昨日山田さんと話した。　　昨天我跟山田先生聊。

私は来週の土曜日に駅で友達と会う。
下個星期六我會在火車站跟朋友見面。

〔具體內容〕＋と＋〔動詞〕

A：先生は何と言った？　　老師説了什麼呢？
B：来週試験があると言った。　　他説下個星期要考試。

A：京都はどんな所？　　京都是怎樣的地方呢？
B：とてもきれいな所だと思う。　　我覺得很漂亮的地方。

A：日本の交通についてどう思う？　　你覺得日本的交通如何？
B：とても便利だと思う。　　我覺得很方便。

📖 文法表格解析

助詞	例句
［主題］＋は	私は台湾人だ。　我是台灣人。
［主體］＋が	教室に先生がいる。　老師在教室裡。（教室裡有老師）
［起點］＋から	会議は5時からだ。　會議從五點鐘開始。
［終點］＋まで	今日は9時まで仕事だ。　今天上班到九點鐘。
［期限］＋までに	明日までに資料を送る。 資料最晚要在明天之前送出。

097

助詞	例句
［控制對象、項目］＋を	スーパーで野菜を買う。　我在超市買蔬菜。
［離開的地方、出發的地方］＋を	電車を降りる。　下火車。
［經過的地方］＋を	橋を渡る。　過橋。
［目的地（的方向）］＋へ ［（到達的）目的地］＋に	私は来週日本へ行く。　下個星期我要去日本。 私は来週日本に行く。　下個星期我要去日本。
［時間點］＋（に）	私は今年大学を卒業する。　我今年大學畢業。 私は今年の6月に大学を卒業する。 我今年六月大學畢業。
［對象］＋に	鈴木さんにメールを送る。 我寄電子郵件給鈴木先生。
［存在的地方］＋に	机の上にパソコンがある。　在桌子上有電腦。
［動作的範圍］＋で	昨日家でテレビを見た。　昨天我在家裡看電視。
［手段、工具］＋で	私はバスで会社へ行く。　我搭公車去公司。
［並列、共同性的行為或是相互發生動作］＋と	今晩田中さんと一緒に映画を見る。 今天晚上我和田中先生一起去看電影。
［具體內容］＋と＋［動詞］	日本の夏は暑いと思う。　我覺得日本的夏天很熱。

📖 文法小提醒

　　日文的「何」原本的讀音是「なに」，但在某些條件下，讀音會轉變成「なん」。

　　首先，要問具體數字的時候，「何」的讀音都會變成「なん」。

今何時？　　　　　　　　　　　　　現在幾點？
結婚式は何月何日？　　　　　　　　婚禮幾月幾號？
卵を何個買う？　　　　　　　　　　要買幾個雞蛋？
明日の交流会は何人ぐらい参加する？
明天的交流會大概幾個人要參加？

　第二，如果「何」之後接下述這三行的開頭的詞彙或假名時，讀音則會音變成「なん」：

た行：「た、ち、つ、て、と」
だ行：「だ、ぢ、づ、で、ど」
な行：「な、に、ぬ、ね、の」

　簡單分析一下，「是什麼？」的普通形是「何？」，這時候讀音是「なに」；但是變成禮貌形「何ですか」時，後面接是上述所列出的「だ行的で」，所以在符合這個規律之下，讀音就要變成「なんですか」了。

これは何ですか。　　　　　　　　　這是什麼？
これは何？　　　　　　　　　　　　這是什麼？
それは何の鍵？　　　　　　　　　　那是什麼鑰匙？
先生は昨日の授業で何と言った？　　老師在昨天的課堂上說了什麼？

📖 進階跟讀挑戰

慢速分段 19-2A.MP3　慢速連續 19-2B.MP3　正常速連續 19-2C.MP3

❶ 私は来週の水曜日図書館の前で田中さんと会う。
＝私は来週の水曜日図書館の前で田中さんに会う。

下個星期三我要在圖書館的前面和田中先生見面。

❷ 娘は明日クラスメートと一緒に映画を見に行くと言った。

我女兒說明天要和同學一起去看電影。

❸ A：日本の生活についてどう思う？
B：交通がとても便利だと思う。

關於日本的生活，你覺得怎麼樣呢？

我覺得交通很方便。

20 量詞（一）

日語跟中文一樣，針對不同的名詞在計算數量時，也會用**數詞加上量詞**（下稱「數量詞」）。

當在應用日語的量詞時請注意兩點：①縱使日語跟中文有許多相似之處，但是終究是不同的語種，所以不能完全先入為主的以中文直接套用日語量詞使用；②**日語的數詞接續量詞時，有些數詞的讀音會產生變化**。而且這些變化往往沒有一定的規則，需要一個一個地死背下來。

此外，當量詞前接疑問詞時，基本上都是要使用「何」來表示「幾（?）」，讀音都是「なん」，例如：「何個なんこ、何人なんにん、何台なんだい…」。不過，當以「～つ」來計算數量時的疑問詞是個特例，與前述的不同，要用「いくつ」才行。

中文裡相當萬用的「…個」在日語中也很常用，不過有兩種的表現方式。一種是「～個こ（例：1個いっこ、2個にこ、3個さんこ…）」，另一種則是「～つ（1つひとつ、2つふたつ、3つみっつ…）」的表現。後者在「1-10」的表現上會與其他的數量詞表現大相逕庭，請特別注意。

如前所述，以「～つ」的數量詞前面數字的讀音會跳脫日語數字既有的認知，即不能以「いち、に、さん…」的讀音順序推估。不過，這也不代表它就沒有規則可循。馬上來簡說它的規則：「ひ」開頭的代表一、「ふ」開頭的代表二、「み」開頭的代表三、「よ」開頭的代表四、「いつ」開頭的代表五、「む」開頭的代表六、「なな」代表七、「や」開頭的代表八、「ここの」開頭的代表九，「とお」則是代表十。但是請注意，提到「十個」時，後面不要加「つ」，只有「とお」而已（「とおつ→×」）。這個規則偶爾也會套用在別的數量詞中，例如：「1人ひとり（一人）、2人ふたり（兩人）」或「2日ふつか（二日）、3日みっか（三日）…」等等，也是一樣的道理。

在現代的日語中，**「～つ」表現的數量詞從十一開始就不會繼續以「～つ」結尾應用了**。因此，當從11開始計算時，就以一般的數字念法累算，例「11個じゅういっこ」等等。

除了在有某些人、事、物被省略掉的前提下，量詞後面通常不會直接搭配「を（及物助詞）」、「が（主體）」這兩個助詞。一旦出現了搭配這兩個助詞的句子時，該助詞實際連結的會是該句子中被省略的人、事、物。例如：「20人にじゅうにんが公園こうえんを走はしりました（20名的…跑過了公園）」這句話雖然能通，但是**前提是句子在量詞之後已經省略掉了一個可以接助詞的詞彙**。完整地寫出來時，它實際應該是「20人にじゅうにん（のランナー）が公園こうえんを走はしりました（20名的跑者跑過了公園）」，「ランナー（跑者）」一詞被省略掉了，而助詞「が」是屬於它的。

額外一提，在日語中很習慣使用「もう（再、再加）＋數量詞」的句型，例如「もう1回いっかい（再一次）」、「もう1杯いっぱい（再來一杯）」、「もう1人ひとり（再多一個人）」。注意這時「もう」不是指「已經」（之後第33課會解釋），而是「再」的意思。

※關於「もう（已經）」的說明，請參照㉝現在進行、習慣、結果的狀態的文法小提醒

📖 跟讀練習

慢速 20-1A.MP3　正常速 20-1B.MP3

量詞的應用

家いえに8台はちだいテレビがある。　　　　在家裡有八台電視。

かばんの中なかにノートが2冊にさつとペンケースが1つひとつある。
在包包裡面有兩本筆記本和一個鉛筆盒。

A：教室きょうしつに学生がくせいが何人なんにんいる？　　在教室裡有幾名學生？
B：15人じゅうごにんいる。　　　　　　　　　　有十五名。

先月せんげつ新あたらしいシャツを3枚さんまい買かった。　我上個月買了三件新的襯衫。
私わたしは毎日まいにちりんごを2ふたつ食たべる。　　我每天吃兩顆蘋果。
＝私わたしは毎日まいにちりんごを2個にこ食たべる。

A：今朝バナナを食べた。　　　　今天早上我吃了香蕉。
B：何本食べた？　　　　　　　　吃了幾根？
A：1本食べた。　　　　　　　　 吃了一根。

すみません。もう1回お願いします。　不好意思，請再説一次。

📖 文法表格解析

～個 …個	～つ …個	～人 …個人	～台 …台	～枚（指平狀的物體）…張、…片
1個　いっこ	1つ　ひとつ	1人　ひとり	1台　いちだい	1枚　いちまい
2個　にこ	2つ　ふたつ	2人　ふたり	2台　にだい	2枚　にまい
3個　さんこ	3つ　みっつ	3人　さんにん	3台　さんだい	3枚　さんまい
4個　よんこ	4つ　よっつ	4人　よにん	4台　よんだい	4枚　よんまい
5個　ごこ	5つ　いつつ	5人　ごにん	5台　ごだい	5枚　ごまい
6個　ろっこ	6つ　むっつ	6人　ろくにん	6台　ろくだい	6枚　ろくまい
7個　ななこ	7つ　ななつ	7人　しちにん、ななにん	7台　ななだい、しちだい	7枚　ななまい、しちまい
8個　はっこ	8つ　やっつ	8人　はちにん	8台　はちだい	8枚　はちまい
9個　きゅうこ	9つ　ここのつ	9人　きゅうにん	9台　きゅうだい	9枚　きゅうまい
10個　じゅっこ、じっこ	10　とお	10人　じゅうにん	10台　じゅうだい	10枚　じゅうまい
何個　なんこ	いくつ	何人　なんにん	何台　なんだい	何枚　なんまい

～冊 …本、…冊	～匹 …隻（小型動物）	～頭 …頭、…隻、…匹（大型動物）	～羽 …隻（鳥類）
1冊　いっさつ	1匹　いっぴき	1頭　いっとう	1羽　いちわ
2冊　にさつ	2匹　にひき	2頭　にとう	2羽　にわ
3冊　さんさつ	3匹　さんびき	3頭　さんとう	3羽　さんわ、さんば
4冊　よんさつ	4匹　よんひき	4頭　よんとう	4羽　よんわ
5冊　ごさつ	5匹　ごひき	5頭　ごとう	5羽　ごわ
6冊　ろくさつ	6匹　ろっぴき	6頭　ろくとう	6羽　ろくわ
7冊　ななさつ	7匹　ななひき、しちひき	7頭　ななとう、しちとう	7羽　しちわ、ななわ
8冊　はっさつ	8匹　はっぴき	8頭　はっとう	8羽　はちわ
9冊　きゅうさつ	9匹　きゅうひき	9頭　きゅうとう	9羽　きゅうわ
10冊　じゅっさつ、じっさつ	10匹　じゅっぴき、じっぴき	10頭　じゅっとう、じっとう	10羽　じゅうわ、じゅっぱ、じっぱ
何冊　なんさつ	何匹　なんびき	何頭　なんとう	何羽　なんわ、なんば

～本 （直的物體）… 條、…支、… 棵（樹）	～杯 …杯、…碗	～回　…次	～階　…樓
1本　いっぽん	1杯　いっぱい	1回　いっかい	1階　いっかい
2本　にほん	2杯　にはい	2回　にかい	2階　にかい
3本　さんぼん	3杯　さんばい	3回　さんかい	3階 さんがい、 さんかい
4本　よんほん	4杯　よんはい	4回　よんかい	4階　よんかい
5本　ごほん	5杯　ごはい	5回　ごかい	5階　ごかい
6本　ろっぽん	6杯　ろっぱい	6回　ろっかい	6階　ろっかい
7本　ななほん	7杯　ななはい	7回　ななかい	7階　ななかい
8本　はっぽん	8杯　はっぱい	8回 はっかい、 はちかい	8階 はっかい、 はちかい
9本 きゅうほん	9杯 きゅうはい	9回 きゅうかい	9階 きゅうかい
10本 じゅっぽん、 じっぽん	10杯 じゅっぱい、 じっぱい	10回 じゅっかい、 じっかい	10階 じゅっかい、 じっかい
何本 なんぼん、 なんほん	何杯 なんばい、 なんはい	何回　なんかい	何階 なんがい、 なんかい

📖 文法小提醒

　　細看前表，能夠發現在**日語的數詞當中，讀音會發生變音的數字分別是「一、六、八、十」**，以「～個」為例，日語的「一個」是唸「いっこ」而不是「いちこ（×）」（「一」從基本數字「いち」變成了「いっ」），六、八、十也會有一樣的現象；「四（よん、し）」、「七（なな、しち）」和「九（き

ゅう、く）」同時存在兩種讀音，什麼時候該使用哪一種讀音來唸，這部分沒有一定的規則可循。再加上之前學過的「ひとつ、ふたつ、みっつ」這種「ひ」等於「一」、「ふ」等於「二」…等這樣的數量詞存在可以看出日語的數詞即使沒有變音，還是有一個數字很多種不同的讀音的現象，學到這時，可能需要多花點精神牢記。

說回量詞，**接在「三」後面的量詞也要注意有發生變音的時候**，例：「三杯」的發音是「さんばい」，應該是「は」的部分卻變成了「ば」，這往往會發生在量詞第一個音為可濁音或半濁音化的假名上（但並非絕對）。

總而言之，不論是日語的數詞、量詞、數量詞，在初學時會有點錯綜複雜，但正因為這些詞彙在學習過程中的使用頻率相當地高，所以用久了一定會熟能生巧，不必太過擔心。

進階跟讀挑戰

慢速分段 20-2A.MP3　慢速連續 20-2B.MP3　正常速連續 20-2C.MP3

❶ 田中さんは高級な車が3台ある。　　　田中先生有三台高級汽車。

❷ 鈴木さんの家に犬が3匹と猫が6匹いる。　　鈴木先生家裡有三條狗和六隻貓。

❸ A：家でどのくらい日本語を練習する？　　　你在家裡練習大概多少的日語？
　　B：私は毎晩家で教科書の例文を5つ練習する。　　我每天晚上在家裡練習五個例句。

❹ A：鈴木さんは兄弟が何人いる？　　　鈴木小姐妳有幾個兄弟姊妹？
　　B：私は姉が2人と弟が3人いる。　　我有兩個姊姊和三個弟弟。
　　＝私は2人の姉と3人の弟がいる。

21 量詞（二）：計算時間及頻率的單位

　　承續上個單元量詞的說明，本單元繼續講述與時間有關的量詞。表示時間（期間）的量詞一樣，應用時後方不能接續助詞。但在**表示時間點及帶有具體數字的詞彙則是例外，之後必須加上表示時間的助詞「に」才正確**。日語的時間量詞「～年ねん、～日にち（か）、～分ふん（ぷん）」皆可表示時間點，亦可以表示期間。例如：「2日ふつか」可以表示日期的「二日、二號」，亦表示期間的「兩天」，並可以推類。但是要注意「1日」在讀音上會發生分歧，當它在指日期（時間點）的「一日、一號」時要唸成「ついたち」，但是指期間的「一天」時則是唸成「いちにち」。

　　表示期間的量詞有「～年ねん、～か月かげつ、～週しゅう、～日にち（か）、～時間じかん、～分ふん（ぷん）」等等，其中「～年ねん、～か月かげつ、～日にち（か）、～分ふん（ぷん）」之後也可以加上「間かん（之間、之內）」組合成「～年間ねんかん、～か月間かげつかん、～日間にちかん（かかん）、～分間ふんかん（ぷんかん）」這樣的衍生詞彙加以應用（但不可用於表示時間點）；但是「～週しゅう」就一定要加上「間かん」變成像「～週間しゅうかん（～週之間）」這樣，才能表達出期間的意思，不可省略；而「～時間じかん」這個詞裡，「間かん」本身就是「時間」這個固定詞彙中的一部分，所以自然也不能排除省略。補充一提，「～か月かげつ」另有「～ヶ月かげつ、～カ月かげつ」這兩種不同的表現方式，但是讀音和意思都一樣，可以相互替換使用。

　　了解了時間量詞之後，我們來補充幾個與頻率相關的副詞，首先是介紹應用在肯定形的「いつも（總是、每次）」、「よく（常常）」、「時々ときどき、たまに（這兩個皆是「有時候、偶爾」）」；再者是應用在否定形的「あまり＋［否定］（不太…、很少…）」、「全然ぜんぜん＋［否定］（完全不…）」。以上頻率副詞在肯定及否定應用上的分別相當地明確，使用時請多加留意。

📖 跟讀練習

慢速 21-1A.MP3　正常速 21-1B.MP3

表示期間

午後1時間休む。　　　　　　　　　　　下午我要休息一個小時。

私は来週の月曜日から2週間出張する。
我從下個星期一開始出差兩個星期。

A：東京でどのくらい働いた？　　　　你在東京上班多久了？
B：3年（間）ぐらい働いた。　　　　　工作大概三年。

A：来月、何日（間）日本へ行きますか。　你下個月去日本幾天？
B：3日（間）日本へ行きます。　　　　去日本三天。

表示時間點

A：来月何日に日本へ行きますか。　　是下個月幾號你會去日本？
B：3日に日本へ行きます。　　　　　是三號去日本。

表示頻率（副詞）

私はいつも会社の食堂で昼ご飯を食べる。
我總是在公司的食堂裡吃午餐。

私はよく会社の食堂で昼ご飯を食べる。
我常常在公司的食堂裡吃午餐。

私は時々会社の食堂で昼ご飯を食べる。
＝私はたまに会社の食堂で昼ご飯を食べる。
我偶爾會在公司的食堂裡吃午餐。

私はあまり会社の食堂で昼ご飯を食べない。
我很少在公司的食堂裡吃午餐。

私は<u>全然</u>会社の食堂で昼ご飯を食べない。
我完全不會在公司的食堂裡吃飯。

📖 文法表格解析

～年（間）	～か月（間）	～週間
1年（間） いちねん（かん）	1か月（間） いっかげつ（かん）	1週間 いっしゅうかん
2年（間） にねん（かん）	2か月（間） にかげつ（かん）	2週間 にしゅうかん
3年（間） さんねん（かん）	3か月（間） さんかげつ（かん）	3週間 さんしゅうかん
4年（間） よねん（かん）	4か月（間） よんかげつ（かん）	4週間 よんしゅうかん
5年（間） ごねん（かん）	5か月（間） ごかげつ（かん）	5週間 ごしゅうかん
6年（間） ろくねん（かん）	6か月（間） ろっかげつ（かん）	6週間 ろくしゅうかん
7年（間） ななねん（かん）	7か月（間） ななかげつ（かん）	7週間 ななしゅうかん
8年（間） はちねん（かん）	8か月（間） はっかげつ（かん）、 はちかげつ（かん）	8週間 はっしゅうかん
9年（間） きゅうねん（かん）	9か月（間） きゅうかげつ（かん）	9週間 きゅうしゅうかん
10年（間） じゅうねん（かん）	10か月（間） じゅっかげつ（かん）、 じっかげつ（かん）	10週間 じゅっしゅうかん、 （じっしゅうかん）
何年（間） なんねん（かん）	何か月（間） なんかげつ（かん）	何週間 なんしゅうかん

～日（間）	～時間	～分、～分（間）
1日　いちにち	1時間　いちじかん	1分（間）いっぷん（かん）
2日（間）　ふつか（かん）	2時間　にじかん	2分（間）にふん（かん）
3日（間）　みっか（かん）	3時間　さんじかん	3分（間）さんぷん（かん）
4日（間）　よっか（かん）	4時間　よじかん	4分（間）よんぷん（かん）、よんぷん（かん）
5日（間）　いつか（かん）	5時間　ごじかん	5分（間）ごふん（かん）
6日（間）　むいか（かん）	6時間　ろくじかん	6分（間）ろっぷん（かん）
7日（間）　なのか（かん）	7時間　しちじかん、ななじかん	7分（間）ななふん（かん）
8日（間）　ようか（かん）	8時間　はちじかん	8分間　はっぷん（かん）
9日（間）ここのか（かん）	9時間　くじかん	9分間　きゅうふん（かん）
10日（間）とおか（かん）	10時間　じゅうじかん	10分間　じゅっぷん（かん）、じっぷん（かん）
何日（間）なんにち（かん）	何時間　なんじかん	何分間　なんぷんかん、なんふんかん

📖 文法小提醒

　　表示期間的用語裡，即便是詞彙中含有具體的數字，應用時後面也不能加上「に」，但句子的重點在表達頻率時則另當別論。在表達頻率的前提下指示期間時，時間詞後要接「に」。例如，像要表達「一天三次」這樣的頻率時，日語就要用「1日<ruby>いちにち</ruby><u>に</u> 3回<ruby>さんかい</ruby>」表達。在這裡的「に」與「存在地點」時使用的「に」概念相同，也就是「在一天的期間內會有三次的頻率」的意思。

私<ruby>わたし</ruby>は1日<ruby>いちにち</ruby>に3回薬<ruby>さんかいくすり</ruby>を飲<ruby>の</ruby>む。　　　我一天吃三次藥。

私<ruby>わたし</ruby>は2週間<ruby>にしゅうかん</ruby>に1回<ruby>いっかい</ruby>ジムへ行<ruby>い</ruby>く。　　每兩個星期我會去一次健身房。

A：1年<ruby>いちねん</ruby>に何回<ruby>なんかい</ruby>ぐらい旅行<ruby>りょこう</ruby>する？　　你一年大概去旅遊幾次？
B：5回<ruby>ごかい</ruby>ぐらい旅行<ruby>りょこう</ruby>する。　　大概會去旅遊5次。

　　上述的用法**也可以應用在比率的表達上**（在這個比率之中），例如「5人<ruby>ごにん</ruby>に1人<ruby>ひとり</ruby>」代表「五人之中的其中一個人」，即等於「20%的人」的意思。

5人<ruby>ごにん</ruby>に1人<ruby>ひとり</ruby>がこの病気<ruby>びょうき</ruby>になる。
每五個人當中會有一個人罹患上這種疾病。

この売<ruby>う</ruby>り場<ruby>ば</ruby>のワインは10本<ruby>じゅっぽん</ruby>に7本<ruby>ななほん</ruby>がフランス産<ruby>さん</ruby>です。
這個賣場的紅酒每十瓶中有七瓶是法國產的。

📖 進階跟讀挑戰

慢速分段 21-2A.MP3　慢速連續 21-2B.MP3　正常速連續 21-2C.MP3

❶ 私は中学の時、1週間に2回ピアノを習った。

我國中的時候，一個星期中會學兩次的鋼琴。

❷ A：王さんはどのくらい日本語を勉強しましたか。

你學了日語大概多久？

B：1年ぐらい勉強して、今年の7月にN4に合格しました。

大概學了一年，今年七月份考過N4。

❸ A：田中さんは毎月どのくらいボランティア活動に参加している？

你每個月大概幾次參加志工活動？

B：毎月3回参加している。
　＝1ヶ月に3回参加している。

每個月大概參加三次。

❹ 私はよく会社で鈴木さんに会うが、あまり鈴木さんと話さない。

我常常在公司遇到鈴木先生，但是很少跟他聊。

進階文法
じょうきゅうぶんぽう
上級文法

第三階段：進階文法基礎篇
單元 22-31

第四階段：進階文法延伸篇
單元 32-47

22 助詞：「は」與「が」

要清楚搞懂「は」和「が」一事向來是許多日語學習者在學習時的難關，因為它們在許多時候意義上是重疊的，有時候又有細微的不同，正確使用的拿捏上相當不易，以往的教學書籍也通常是說明有限，所以至今仍有許多人對於這兩個助詞的區分一知半解，因此本單元我們針對這部分重點整理出這兩個助詞最基本的區別。

首先，「AはBです」和「AがBです」具體上有什麼不同呢？在前者「AはBです」的句型當中，A指的是「主題」，而B則是該主題的「內容」。在這個句型當中，話者最想描述的重點在「B」的部分；而使用後者「AがBBです」的句型的話，代表A是B的「主體」，話者的重點是擺在A，自然在話語中會稍微帶強調的語氣。接下來我們來看使用上的差別，當聽到別人在問「他是哪一位？」的時候，因為發問人不了解的是他的「身分」，所以適合回應的句型是「あの人ひとは田中たなかさんです（他是田中先生）」（強調重點在後面的內容，即田中先生上）；若是聽到別人在問「哪一位是田中先生呢？」時，因為發問的人知道他的詢問目標是田中先生，但不知道是誰，所以適合回應的句型就是「あの人ひとが田中たなかさんです（田中先生就是他）」（強調重點在前面的內容，即某個「他」就是田中先生。）

但並不是所有的「が」都用在強調的作用上。例如：「棚たなに化粧品けしょうひんがある」這句話單純地客觀描述「在貨架上有化妝品」這件事，並不是對「化妝品」做出強調，只是針對「貨架上有什麼東西？」的回應說明而已；若句型為「化粧品けしょうひんは棚たなにある」時，讓我們回想一下，這類句型的重點在於內容的敘述（重點是「在貨架上」），所以可以想得到適合用於當別人問「化妝品在哪裡呢？」時的回應。

接著，也是比較常見的，就是當「は、が」同時出現在同一個句型中時，我們該怎麼理解呢？基本上「は」是代表主題，也可以認知為大主語，而「が」代表主體，也可以認知為「小主語」。我們舉：「象ぞうは鼻はなが長ながい（大象的鼻子長）」這個句子來看，在這個句子中，「象ぞう」是主題（大主語），而接下來內容當然都是要講與「象ぞう」有關的內容。而在內容中，「鼻はな」是「長ながい」的主體，也就是說，「鼻はな」是「鼻はなが長ながい」這

個短句中的小主語。「象ぞうは鼻はなが長ながい」這個例句也可以換句話說成「象ぞうの鼻はなは長ながい」，但是此時主題已經只限定在「象ぞうの鼻はな」而不是整個「象ぞう」了，所以接下來的敘述也必須表述與「象ぞうの鼻はな」有關的內容，不然就是變成錯誤的句子了。

另外一提，日語在對話中使用這些句型時，**「已知的資訊」往往都會被省略掉**。例如有人提問「山田やまださんはどんな女性じょせい？（山田小姐是怎樣的女生呢？）」時，回答時因為這段對話中大家都知道正在談主題的是「山田小姐」，所以日語中「山田やまださんは」的部分就可以省略不說，直接對她作出形容就行。例如，只說「目めが大おおきい（眼睛很大）」也行，這時候大家都會知道用小主語「目めが」強調出眼睛很大的女生就是主題的山田小姐。

此外，**作為主題「は」的效果範圍還可以跨越句點囊括所有的敘述**。例如「鈴木すずきさんは背せが高たかい。髪かみが短みじかい。声こえが低ひくい（鈴木先生的身體很高。頭髮很短。聲音低沉）」，這個時候後面的兩句（頭髮短。聲音低沉）雖然在日語中沒有代表主題的「は」，但其實都是屬於前面第一句的主題「鈴木すずきさん（鈴木先生）」的內容；相對的，**「が」指示的內容基本上就不能跨越句點**，單純就只能表示單一個內容的主體而已。

📖 跟讀練習

慢速 22-1A.MP3　　正常速 22-1B.MP3

〔主題〕＋は

A：あの人ひとはどなたですか。　　　　那個人是誰？
B：あの人ひとは田中たなかさんです。　　那個人是田中先生。

A：化粧品けしょうひんはどこにある？　　化妝品在哪裡？
B：（化粧品けしょうひんは）棚たなにある。　（化妝品）在架子上。

〔主體（強調作用）〕＋が

A：どなたが田中たなかさんですか。　　誰是田中先生？

115

B：あの人が田中さんです。　　　　　田中先生就是他。

〔主體（客觀描述）〕＋が

A：棚に何がある？　　　　　　　　　在架子上有什麼？
B：（棚に）化粧品がある。　　　　　（在架子上）有化妝品。

大主語與小主語

象は鼻が長い。　　　　　　　　　　大象鼻子很長。
象の鼻は長い。　　　　　　　　　　大象的鼻子很長。
《×》象が鼻は長い。

A：山田さんはどんな女性？　　　　　山田小姐是怎樣的女生呢？
B1：（山田さんは）目が大きい。　　（山田小姐她的）眼睛很大。
B2　（山田さんは）ピアノが上手。　她很會彈鋼琴。

鈴木さんは背が高い。髪が短い。声が低い。
鈴木先生身高很高、頭髮很短、聲音低沉。

📖 文法小提醒

　　在日語中，「上手じょうず」表示「拿手、擅長」的意思，反之「下手へた」則表示「不拿手、不擅長」的意思。這兩個詞彙都含有對於技術水準的客觀判斷的詞義。要注意的是，對他人形容「下手へた」時，**會讓人感覺你直接你在批評對方的能力**，所以最好避免這麼直接的評斷。因此當要提及他人的能力不佳時，可以採用「あまり上手じょうずではない」這樣的說法，因為這樣聽起來會比較婉轉，不會那麼直接地傷害他人。

私はゲームが下手だ。　　　　　　　　　我遊戲打得不好。
鈴木さんは歌があまり上手ではない。　　鈴木先生不太擅長唱歌。

換個角度來看，當對自己的事（或技術水準）形容「上手じょうず」時，**則會讓他人產生自己有點傲慢的印象**。這時候，可以把「上手じょうず」改成「得意とくい」來表達，雖然兩者的意思差不多，但是在語氣上就沒有那麼彰顯自己好像很厲害的樣子。不過，如果想表達自己的能力有進步了，可以說「上手じょうずになった」，因為在這句話中，只有對自我能力變化的客觀判斷而已。

佐藤さんは料理が上手だ。　　　佐藤先生的廚藝很好。

私は去年より日本語が上手になった。
跟去年相比，我的日語有進步了。

📖 進階跟讀挑戰

慢速分段 22-2A.MP3　慢速連續 22-2B.MP3　正常速連續 22-2C.MP3

❶ A：この絵はとても良いですね。誰が描きましたか？　　這幅畫很好看。是誰畫的呢？
　 B：私が描きました。　　是我畫的。

❷ いつも私が事務所の掃除をしている。　　一直都是我在打掃辦公室。

❸ A：この車はデザインが良いね。　　這台汽車的設計很好看。
　 B：でも中が狭いから、あまり快適ではないよ。　　但是，裡面太窄了，沒有那麼舒適。

❹ あの歌手は性格があまり良くない。しかし、歌がとても上手なので、とても人気だ。　　那位歌手的脾氣不太好。但是，因為他歌唱得很好聽，所以很受大家的歡迎。

❶ 初級文法基礎篇
❷ 初級文法延伸篇
❸ 進階文法基礎篇
❹ 進階文法延伸篇

23 助詞：「は」

在上一個單元，我們已經具體了解了助詞「は」作為主題的基本狀況，但是這個「は」還會有其他不同的使用狀況，為了能在學習日語時會觀念完全弄清楚，本課繼續來談「は」衍生出來的其他用法。

正因為「は」的基本作用是提出主題，因此**在某些句型中，它也作為「表達強調語氣」使用**。好比說，在「私（わたし）はここに自転車（じてんしゃ）を止（と）めた」這個句子中，加了「は」的「私（わたし）」是作為主題，代表「我把腳踏車停在這裡」的意思，是一個完整的敘述句，並沒有特別強調的意思。但是只要把句子改成「自転車（じてんしゃ）はここに止（と）めた。」的話，「自転車（じてんしゃ）」變成了主題重點，除了不必去考慮是不是機車或汽車等其他交通工具之外，這句話也會產生強調主題語氣的印象。

在本來不使用「は」的地方，特地使用「は」的話，就能達到強調的效果。此外，**在逆接的前後文都用「は」的提及內容的話，可以達到相反內容的強調對比效果。**

例如，在「母（はは）は紅茶（こうちゃ）は飲（の）むが、コーヒーは飲（の）まない」的這句話中，「母（はは）は」的部分代表句子後面所述內容的主題，並非強調，所以助詞本來就會是「は」。但是，在已經有「母（はは）は」這個主題的前提之下，同一句話中本應該是要接「を」才對的「紅茶（こうちゃ）」和「コーヒー」，卻變成了「紅茶（こうちゃ）は」和「コーヒーは」，此時就是形同把「紅茶（こうちゃ）」和「コーヒー」提昇到主題的高度加以強調之故。此外，「飲（の）むが」是前接動詞，所以它在這不是給小主語的意思，而是表達出逆接語氣「但是」的連接詞。「媽媽喝紅茶，但不喝咖啡」，所以看得出來，這是「喝紅茶」與「不喝咖啡」的對比強調句子。

要注意的是，利用「は」強調出對比意義的時候，句型上不一定會全部像剛剛的例句一樣，會有兩者一正一負（兩項事物提出）的比對。**它也可能只有提出一方，而省略另一方的情況**。但在這種句型之中，基本上都還是猜得出來被省略的另一方人、事、物。例如，有兩個人在對話，某人問了對方：「パソコンがある？（你有個人電腦嗎？）」，然後對方回答說「スマホ

はあるけど…（雖然我有手機啦…）」（這裡的「けど」跟上一段的「が」一樣也是逆接的連接詞，表示語氣相反的轉折）。這段對話中，回答者說的是「雖然我有手機…」的意思。也就是說，雖然回答者沒有明講「パソコンは持ってない（我沒有個人電腦）」這句話，但是也暗示出了沒有個人電腦這件事，自然是這段短對話也就形成個人電腦和手機的對比句子。因此，從日語的角度來看，與「スマホは」對比的另一方當然就會是「パソコンは」了。

還有，假設有這麼一段對話，有人問：「宿題は終わった？（作業做完了嗎？）」，然後回答的人說「数学の宿題は終わったよ（數學作業做完了喲！）」，這種情況也是一種暗示性的對比，注意看這句話中特別提出「数学の（數學的）」的前提，便可以由此判斷，除了數學以外的作業，其他都還沒有完成。

「は」的活用度在日本人之間高得驚人，其代表的各種意義，且背後是否有省略的含義，都請務必弄清楚喔！

📖 跟讀練習

慢速 23-1A.MP3　正常速 23-1B.MP3

提起

私はここに自転車を止めた。　　我把腳踏車停在這裡。
→ 私の自転車はここに止めた。　　我的腳踏車停在這裡。
私は田中さんのかばんを椅子の上に置いた。
我把田中先生的包包放在椅子上。
→ 田中さんのかばんは椅子の上に置いた。
田中先生的包包放在椅子上了。

對比

母は紅茶は飲むが、コーヒーは飲まない。
媽媽喝紅茶，但是不喝咖啡。

田中さんは明日のパーティーに来るが、鈴木さんは来ない。
田中先生會來明天的派對，但是鈴木先生不會來。

A：田中さんは自分のパソコンがある？　　田中小姐有自己的電腦？
B：スマホはあるけど…。　雖然我有手機，但是…。（暗示沒有電腦）

A：宿題は終わった？　　　　　　　　作業做完了嗎？
B：数学の宿題は終わったよ。
數學作業做完了喲！（暗示其他的作業還沒做完）

📖 文法小提醒

在本課中，我們知道了原先應該要使用「を」或「が」助詞的部分若替換成「は」時，即可以表達強調的語氣。但是，碰到其他的助詞，基本上在強調時都要保留下來，並將「は」直接加在後面。例如，表示動作範圍的「で」，被強調的時會變成「では」。

私は学校では勉強するが、家では勉強しない。
我雖然在學校用功，但是在家裡不會用功。

A：このデパートは1階にお手洗いがありますか。
這間百貨公司的一樓有洗手間嗎？
B：申し訳ございません。2階にはありますが、1階にはありません。
非常抱歉，二樓的話就有洗手間，但是在一樓沒有。

不過，當表示目的地的「へ」被強調的時候，就不一定要留下來，直接刪除替換成「は」亦可。

日本（へ）は行きたいが、アメリカ（へ）は行きたくない。
雖然我想去日本，但是不想去美國。

📖 進階跟讀挑戰

❶ 室内は禁煙ですから、タバコはここで吸ってはいけません。

因為室內禁菸，所以不可以在這裡抽菸。

❷ いつも朝ご飯は食べるが、仕事が忙しいから昼ご飯は食べる時間がない。

雖然我平常都會吃早餐，但是因為工作很忙沒有吃午餐的時間。

❸ A：鈴木さんは中国語ができるんですか。

鈴木小姐會講中文嗎？

B：はい、中国語はできます。

嗯，中文的話會講。

❹ あの島は船では行けるが、飛行機では行けない。

那座小島搭船的話到得了，但是搭飛機的話到不了。

❺ A：家族で買い物に行く？

妳和家人一起去買東西嗎？

B：母とは買い物に行くけど、父とは行かない。

我會和媽媽一起去買東西，但是不會和爸爸一起去。

24 助詞：細說「を」與「が」

　　助詞「が」也是多重意義的助詞，我們以「私_{わたし}はカレーライスが好_すきだ。」這個短句為例，這裡的「が」與第22單元所提到的內容不同，並不是當作小主語（主體）的意義，而是像「を」一樣，是後方內容所描述的對象來用。簡單的說，就是這句話並不是「咖哩飯（主題）喜歡⋯ → ×」，而是「喜歡咖啡飯（對象）」的意思。

　　承上所述，一般在提到敘述的對象時，可能會考慮選用助詞「を」，不過「を」只能搭配動作性的動詞[4]，相對的只要敘述是屬於「形容詞（い形容詞、な形容詞）」時，被視為對象的詞彙都要接助詞「が」而不是用「を」。因此上一段的例句中，「好_すき（喜歡）」是歸類在「な形容詞」裡，所以在這個例句中必須使用「が」。綜合先前的內容到本單元的說明，相信你已經能觀察到「が」同時具有與「は」及「を」相似的用法存在。

　　上述例句中我們提到的「好_すき」，其反義詞的「嫌_{きら}い（討厭）」也歸類在「な形容詞」之中。注意「嫌_{きら}い」這個詞在日語中表達時，**語氣的表達相當地直接，很容易對談話對象造成衝擊**，所以我很建議當若想禮貌性地表達出「不喜歡」時，用跟中文一樣否定喜歡的「好_すきではありません。」會比較合適。

　　此外，「が」仍然可以出現在一些動詞之前，並表明其為所指向的對象。我們前面說「を」表示的是動作性動詞所指向的對象。那還有一種狀態性的動詞，前面必須以助詞「が」作為其指向的對象。以「分_わかる（懂、明白）」為例，它並不是具體性動作的動詞，而是在描述「（懂了）的狀態」的動詞，因此就屬於狀態性動詞。再次強調要應用**這種動詞的對象時，助詞不能用「を」，而是要用「が」才正確**。

---

[4] 嚴格來說，「動作性的動詞」稱為「動態動詞」或「持續動詞」。以「～ている」的句型呈現時，表示「現在持續進行中」的概念的動詞。

「分ゎかる」一詞之前多半可以接續表示程度及頻率的副詞。例如：接「よく（充分）」時，表示明白程度很高的概念；接「だいたい」時表示「大概」的意思；接「少すこし、ちょっと」時，都是代表「有一點」的程度（「ちょっと」是偏口語的使用方式）；接「あまり」再搭配否定形使用時，代表「不太…」的意思；接「全然ぜんぜん」並搭配否定形，便代表「完全不…」的意思。

📖 跟讀練習

慢速　　　正常速
24-1A.MP3　24-1B.MP3

「が」與「を」的對象句

| 私はカレーライスを食べる。 | 我要吃咖哩飯。 |
| 私はカレーライスが好きだ。 | 我喜歡咖哩飯。 |

「好き」與「嫌い」的表達句

私は海がとても好きだ。	我很喜歡海洋。
私は冬があまり好きではない。	我不太喜歡冬天。
私は雨が嫌いだ。	我討厭下雨天。

「が」接續「分かる」時的各種應用

Ａ：王さんは日本語が分かる？	王小姐妳懂日語嗎？
Ｂ1：うん、よく分かる。	是，我很懂。
Ｂ2：うん、だいたい分かる。	是，我大概懂。
Ｂ3：うん、少し分かる。	是，我懂一點。
＝うん、ちょっと分かる。	
Ｂ4：ううん、あまり分からない。	不，我不太懂。
Ｂ5：ううん、全然分からない。	不，我完全不懂。

📖 文法表格解析

與頻率相關的程度副詞的比較：

頻率		程度（修飾「份量」時）		程度（修飾「強度」時）	
いつも	總是	よく	充分	とても	非常
よく	常常	だいたい	大概、大部分		
時々（ときどき）＝たまに	偶爾	少し（すこ）＝ちょっと	一點點	少し（すこ）＝ちょっと	稍微
あまり＋［否定］	很少…	あまり＋［否定］	不太…	あまり＋［否定］	沒那麼…
全然（ぜんぜん）＋［否定］	完全不…	全然（ぜんぜん）＋［否定］	一點都不…	全然（ぜんぜん）＋［否定］	完全不…

📖 文法小提醒

　　在我們學會本課的內容之後，再延伸說明㉒課我們講過的「上手じょうず」、「得意とくい」，並新學一個「苦手にがて」及「下手へた」的細微差別吧！「上手じょうず」與「得意とくい」雖然都有中文「擅長」的意思，但是使用概念略有不同，「上手じょうず」是指「技術水準高超」，相對的「得意とくい」則僅表示「對於某個事情感到有自信」的概念而已。以「私わたしはサッカーが上手じょうずだ。」這個例句來說，因為他是「客觀判斷我的足球技術高超」的概念，雖然譯成中文是「我擅長踢足球」，但因為是自己在講自己，難免讓別人產生了老王賣瓜，自賣自誇的傲慢印象。

　　與此相對，若是改用「得意とくい」形容時會怎樣呢？「私わたしはサッカーが得意とくいだ。」表示的是「我對於踢足球的領域感到有自信」的概念，這時日語中的語氣並不會讓人產生話者在表述自己的水準比其他人更高超的感覺。因此，使用「得意とくい」表示來「我很會做…」是比較安全的講法。

「得意とくい」的反義詞－「苦手にがて」，這是「不太會做、不擅長、不太有自信」的意思。「苦手にがて」與「下手へた」相形之下，帶著些微謙和、委婉的語氣。

A：得意とくいなスポーツは何なに？　　你拿手的運動是什麼？
B：私わたしはサッカーが得意とくいだ。　　我很會踢足球。

私わたしはダンスが苦手にがてだ。　　我不擅長跳舞。
佐藤さとうさんは料理りょうりが苦手にがてだ。　　佐藤先生不太會烹調。

由於「上手じょうず、下手へた」是應用在形容的技術水準高超還是很差的概念，所以如果重點不在「技術」的方面，就不能用「上手じょうず、下手へた」來形容（不然會變成錯的），而是要用「得意とくい、苦手にがて」這一組詞彙才對。以談論學校的科目時為例，若要講「鈴木先生數學很好」的時候，我們可以看下面的用法：

鈴木すずきさんは数学すうがくが得意とくいだ。　　鈴木先生數學很好。
《×》鈴木すずきさんは数学すうがくが上手じょうずだ。

千萬要留意，不要因為中文會說「很好」而日語就用「良よい」，這樣用就錯了；還有因為學科的好壞與技術的水準無關，所以不能用「上手じょうず」。

另外，「苦手にがて」亦有委婉地表現「無法接受」的語義。因此當不好意思直接把「討厭、不喜歡」的字眼說出口時，可以用「苦手にがて」來代表「嫌きらい」、「好すきじゃない」的表達。

私わたしは辛からいものが苦手にがてだ。　　我不會吃辣的。
彼女かのじょは虫むしが苦手にがてだ。　　她怕昆蟲。

📖 進階跟讀挑戰

慢速分段 24-2A.MP3　慢速連續 24-2B.MP3　正常速連續 24-2C.MP3

❶ 私は大きい車が好きだが、夫は小さい車が好きだ。

我喜歡大台的汽車，但是我老婆喜歡小台的汽車。

❷ 私はスポーツが苦手なので、サッカーはあまり好きじゃない。

因為我不太會運動，所以沒那麼喜歡踢足球。

❸ A：この問題の答えが分かる？
　 B：ううん、私も全然分からない。

你知道怎麼作答嗎？
不，我也完全看不懂。

❹ A：田中さんは歴史が得意？
　 B：全然得意じゃないよ。先週のテストもとても難しかった。

田中妳的歷史課很好嗎？
一點都不好。上個星期的考試也感覺到很難。

25 欲望

　　本單元要說明跟希望及欲望相關的表現。在日語中，與欲望相關的表現分別有「欲しい」及「～たい」兩種。**「欲しい（想要…）」可以表達想要的具體的人、事、物，而「～たい（想做…）」則是表達想要做的動作。**

　　首先從「欲しい」開始說明。因為「欲しい」**歸類為「い形容詞」，所以表達其想要的對象時，後面的助詞自然不能用「を」，而是要用「が」才正確。**例如說：「パソコンが欲しい。（我想要個人電腦）」

　　接著是「～たい」的用法，它是前接動詞的「ます形（去掉ます）」便可完成「想做…」的日語句型結構。例如說，想要表達「想要（去）旅遊」時，「旅行が欲しい（×）」是錯誤的表現，正確的用法是「旅行をしたい」或「旅行がしたい」。（「したい」的ます形是「します」，去掉「ます」再接「～たい」即完成了「したい」的表現。）

　　好，相信你應該已經注意到了，為什麼上述的例句中，用「を」跟「が」都可以呢？的確，在這個文法中，選用助詞的概念有稍微特別點。我們再以「すき焼きを食べる（吃壽喜燒）」這個短句為例，句子中的「食べる（吃）」是動作性的動詞（透過助詞「を」我們可以知道他要吃的對象是什麼？「を」的部分也可以想成「把…（吃掉）」），動詞變成「食べたい」之後，**從他的詞尾看得出來他已經變成「い形容詞」了，但即使如此，他原本的動作成份依然存在**，因此不論助詞留用原本還是動詞句時使用的助詞「を」，或是改用「い形容詞」指示對象時的助詞「が」，兩者都能是正確的用法。

　　句型變化提醒：食べる → 食べます → 食べたい

　　但是，在改成「～たい」的句型時，助詞「を（把…）」只能跟「が」對換。即當原本的動詞句中使用的是其他的助詞而不是「を」時，則不可任意用「が」對換。以「ベッドで寝る（在床上睡覺）」為例，其中的「で」不能替換成「を」，不然意思就完全走樣了！當然，「で」一樣不能替換「が」。

❶ 初級文法基礎篇
❷ 初級文法延伸篇
❸ 進階文法基礎篇
❹ 進階文法延伸篇

最後簡單說一下兩者的否定形變化。在這之間我們先來學接下來一個要搭配例句的副詞「何(なに)も＋［否定］」，這是「什麼都不…」的意思。先看「欲(ほ)しい」的否定例句－「何(なに)も欲(ほ)しくない」，順著い形容詞的規則，「い」改成「くない」便完成否定，這就是「什麼都不想要」的意思；至於「～たい」的否定例句也依循相同的原則改成「何(なに)もしたくない」，一樣的道理之下，就是「什麼都不想做」的意思了。

📖 跟讀練習

慢速 25-1A.MP3　　正常速 25-1B.MP3

「～欲しい」的句型

私(わたし)は高級(こうきゅう)なかばんが欲(ほ)しい。　　　　我想要高級的包包。
私(わたし)はハンサムな彼氏(かれし)が欲(ほ)しい。　　　　我想要很帥的男朋友。

A：今(いま)何(なに)が一番(いちばん)欲(ほ)しい？　　　　你現在最想要的是什麼？
B1：私(わたし)は最新(さいしん)のパソコンが欲(ほ)しい。　　我想要最新的個人電腦。
B2：私(わたし)は何(なに)も欲(ほ)しくない。　　　　我什麼都不想要。

「～たい」的句型

私(わたし)はすき焼(や)きが食(た)べたい。＝私(わたし)はすき焼(や)きを食(た)べたい。
我想吃壽喜燒。

A：今度(こんど)の休(やす)みは何(なに)をしたい？＝今度(こんど)の休(やす)みは何(なに)がしたい？
　　下次假日你想做什麼？
B1：映画(えいが)を見(み)たい。＝映画(えいが)が見(み)たい。　　我想要看電影。
B2：何(なに)もしたくない。　　　　我什麼都不想做。

私(わたし)は旅行(りょこう)がしたい。＝私(わたし)は旅行(りょこう)をしたい。　我想要旅遊。
《×》私(わたし)は旅行(りょこう)が欲(ほ)しい。

不可以用「を」及「が」任意取代助詞的句子

私(わたし)は大(おお)きいベッドで寝(ね)たい。　　　　我想要睡大張的床。

《×》私(わたし)は大(おお)きいベッドを寝(ね)たい。

📖 文法小提醒

雖然我們在這個單元知道了「你想要…嗎？」的日語說法，但是每當日本人在推薦東西或招待對方的情況下，**用日語說中文概念的「您想要…嗎？、您要不要…呢？」時，這部分會跟中文的表達方法不一樣。**

例如，以「您想喝咖啡嗎？」這句中文為例，日語會說的是「コーヒーはいかがですか。」。（「いかがですか。」是「どうですか。（如何？）」的敬語。）

如果依中文的說法直接翻譯成日語來講時，可能造成大問題喲！因為日語的「欲(ほ)しいですか。」和「〜たいですか。」**這兩個疑問句都帶著「要仰賴我才能實現對方的欲望」的含義**，因此，這兩句聽起來都有上對下的語氣，自然就會無心地造成聽的人產生反感了。

コーヒーはいかがですか。　　　　您要不要喝咖啡？

《×》コーヒーが欲(ほ)しいですか。

《×》コーヒーを飲(の)みたいですか。

《×》コーヒーが飲(の)みたいですか。

如果談話的對象是很親近的熟人，在表示「想要…嗎？」的問句時也可以再直接一點。例如，「要喝咖啡嗎？」就以日語普通形的「コーヒーはどう？」發問，另外也可以說「コーヒーを飲(の)む？」即可。但是這樣還是有上對下的語氣，所以即使是親朋好友間，想要避開這種語氣的話，還是不要用「欲(ほ)しい？」或「〜たい？」發問較好。

1. コーヒーはどう？　　　　　你想喝咖啡嗎？
2. コーヒーを飲む？　　　　　你要喝咖啡嗎？

📖 進階跟讀挑戰

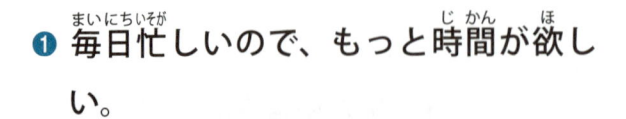

❶ 毎日忙しいので、もっと時間が欲しい。

因為每天很忙，所以我想要更多的時間。

❷ 今日は仕事の後でビールを飲みたい。

今天我下班之後想要喝啤酒。

❸ 新しい服が欲しいけど、お金がない。

我想要新的衣服，但是沒有錢。

❹ A：子供の時、何になりたかった？
　 B：私は歌手になりたかった。

你小時候想要成為什麼呢？

我想要成為足球選手。

26 授受動詞（一）

「我給你、你給他、他給誰…」，在中文裡相對單純的「給」，在日語中就是複雜的「授受動詞」了。本課針對授段動詞加以說明，**最基本的有「あげる、もらう、くれる」這三個**表示各種不同人稱之間給予的動詞存在。

首先第一個是「あげる」，這個詞很明確是「給予對象」的概念，說得再細一點就是**「以自己或某人為起點，朝向某對象給予事、物」**。通常可以表示「我（第一人稱）給別人」的情況，但是**不能應用在「別人給我」的情況下**。當使用「あげる」時，要用助詞「に」表示接受事、物的對象。與「あげる」相同結構應用「給予對象」的相關性動詞，大體上還有「貸かす（借出、租出）」、「教おしえる（教、告訴）」、「電話でんわをかける（打電話）」等等。請看下圖解析：

主語（動作者）　　　　　　　　　　　　　接受的人

あげる、貸す、教える、電話をかける →

私（第一人稱）＋は　　　　　　　　　　　Bさん＋に

其次是「もらう」，這個詞是「接收、得到」的概念，文法概念是以「自己或是其他人為起點，得到其他人所給予的事、物」。通常可以表示**「我（第一人稱）從別人收到」**的情況，所以**不能表達「我給別人」的意思喔！**結構應用上與「もらう」相似的相關動詞還有「借かりる（借入、租入）」、「習ならう（學習）」、「電話でんわをもらう（收到電話）」。

① 初級文法基礎篇
② 初級文法延伸篇
③ 進階文法基礎篇
④ 進階文法延伸篇

在前述這一類的動詞中，主語為接收東西的人，所以搭配的助詞是「は、が」；此時，**表示動作的起點人物使用的助詞是「に」**（注意，這裡與「あげる」是反過來的）。例如，在「私わたしは父ちちにかばんを借かりる（我向爸爸借包包）」的這個句子中，「父ちちに」變成了「向爸爸」的意思。

　　正因**「に」**在此時已經是表示是一個**「行使動作的起點」**的概念，所以這時候的「に」也**可以替換成一樣是起點的助詞「から」**，例如「我從朋友拿到了禮物」的日語可以說是「私わたしは友達ともだちにプレゼントをもらった」，也可以說「私わたしは友達ともだちからプレゼントをもらった」。但「に」比較常用。本篇整理的解析如下圖：

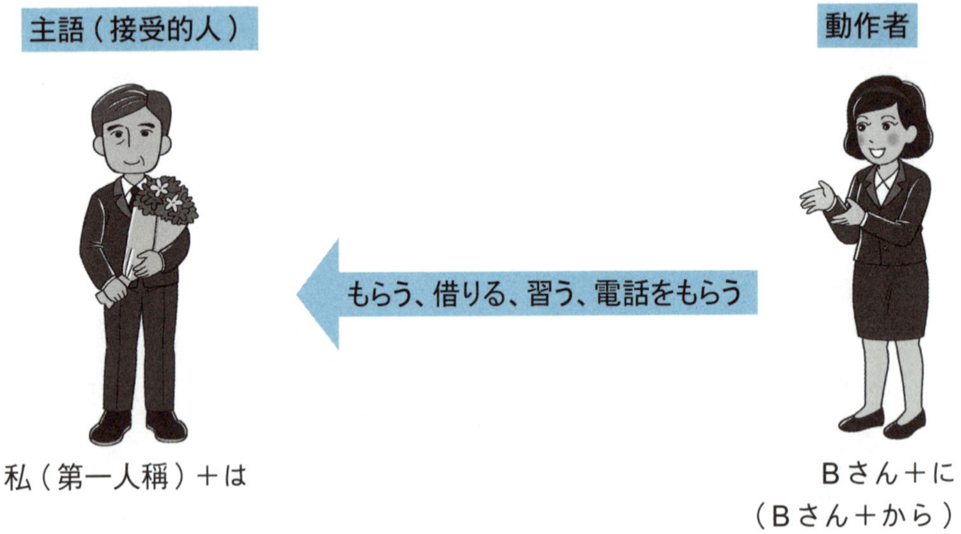

主語（接受的人） ← もらう、借りる、習う、電話をもらう ← **動作者**

私（第一人稱）＋は　　　　　　　　　　　　　　Bさん＋に
　　　　　　　　　　　　　　　　　　　　　　　（Bさん＋から）

　　最後是「くれる」，這是代表「給我」的意思，包含**「別人給的對象是我或與我有關的人」**的情況，所以**不能表示「我給別人」**的意思。當然，當「別人給了某個人，且那個人與我完全無關時」的情況也不能使用。更細部的說就是接收的對象為「我、我家人、我的同事…等（我這邊的自己人）」的人物時才能使用。當然這時候助詞「に」也是接受的對象。請看下圖解析：

接受的人　　　　　　　　　　　　　　　主語（動作者）

くれる

私（第一人稱）＋に　　　　　　　　　　Aさん＋は
內部的人（第三人稱）＋に

　　總結一下，「あげる」和「くれる」都是應用在以動作行為者為起點，進行動作觸及對象的句型架構中，因此進行動作的人（起點人物）為主語，並以助詞「に」表示接受的對象。

私は先生に花をあげる。　　　　　我給老師花。
（「我」是動作行為者，為主語；「老師」是對象，使用助詞「に」。）
先生は私に花をくれる。　　　　　老師給我花。
（「老師」是動作行為者，為主語；「我」是對象，使用助詞「に」。）

　　此外，「もらう」及「くれる」也可以表達同樣的情況，但是這兩句話在句型用法上的主語不同，所以要留意人物後面接續的「に」意思也會截然不同。（是反過來的。）

📖 跟讀練習

慢速 26-1A.MP3　　正常速 26-1B.MP3

給予對象

私は来週友達に誕生日プレゼントをあげる。
我下個星期送朋友生日禮物。

私は去年のクリスマスに彼氏に財布をあげた。
我在去年聖誕節送了錢包給男朋友。

私は友達にお金を貸した。　　　　　我借錢給朋友。

私は明日カフェで友達に中国語を教える。
我明天會在咖啡廳教朋友中文。

A：誰に電話をかけましたか。　　　你打電話給誰呢？
B：父に電話をかけました。　　　　我打電話給爸爸。

從別人那收到

私は友達にプレゼントをもらった。
（＝私は友達からプレゼントをもらった。）
我從朋友那收到禮物。（＝朋友送了禮物給我。）

私は去年の誕生日に彼氏にネックレスをもらった。
（＝私は去年の誕生日に彼氏からネックレスをもらった。）
我在去年的生日時從男朋友那收到了項鍊。
（＝去年的生日時男朋友送了項鍊給我。）

私は次の月曜日に父にかばんを借りる。
（＝私は次の月曜日に父からかばんを借りる。）
我會在下個星期一跟爸爸借包包。

私はお客さんに電話をもらった。
（＝私はお客さんから電話をもらった。）
我接到客人的電話。

A：誰にドイツ語を習いましたか。
　（＝誰からドイツ語を習いましたか。）
你從誰那學到德文的呢？（＝你是跟誰學德文的呢？）

Ｂ：同僚に習いました。（＝同僚から習いました。）
從朋友那學到。（＝跟朋友學的。）

別人給我

父は毎月私にお小遣いをくれる。　　爸爸每個月會給我零用錢。
＝私は毎月父にお小遣いをもらう。
彼氏は去年のホワイトデーに私にマカロンをくれた。
我男朋友在去年白色情人節的時候，送了馬卡龍給我。

Ａ：誰がお土産をくれましたか。　　誰給了你伴手禮？
Ｂ：友達がくれました。　　是朋友給我的。

📖 文法小提醒

　　授受動詞的往來對象，不見得一定是跟第一人稱的「我」有關，也可能用在第二人稱跟第三人稱之間。除了「くれる」之外，其他授受動詞施予動作的起點人物和對象都可以是跟「我（第一人稱）」沒有相關的其他人稱。

給予對象

田中さんは鈴木さんに服をあげた。　　田中先生送衣服給鈴木先生。
佐藤さんは山田さんにハサミを貸した。　佐藤先生借剪刀給山田先生。

從別人那收到

鈴木さんは田中さんに服をもらった。
（＝鈴木さんは田中さんから服をもらった。）
鈴木先生從田中先生那收到衣服。
山田さんは佐藤さんにハサミを借りた。
（＝山田さんは佐藤さんからハサミを借りた。）
山田先生向佐藤先生借了剪刀。

135

本身沒有明確施予動作方向的動詞，只要在動作的對象後面有加上「に」，就可以明確知道是誰給誰了。例如：「私(わたし)は山田(やまだ)さんに伝(つた)えた（我傳達給山田先生了）」和「山田(やまだ)さんは私(わたし)に伝(つた)えた（山田先生傳達給我了）」這兩個句子的文法都是正確的。

無固定移動方向的動詞

私(わたし)は山田(やまだ)さんに、今日(きょう)午後(ごご)2時(じ)から会議(かいぎ)だと伝(つた)えた。
我告訴了山田先生，今天的會議從下午兩點鐘開始。

山田(やまだ)さんは私(わたし)に、今日(きょう)午後(ごご)2時(じ)から会議(かいぎ)だと伝(つた)えた。
山田先生告訴了我，今天的會議從下午兩點鐘開始。

私(わたし)は鈴木(すずき)さんにコーヒーを入(い)れた。　我泡了咖啡給鈴木先生。

鈴木(すずき)さんは私(わたし)にコーヒーを入(い)れた。　鈴木先生泡了咖啡給我。

📖 進階跟讀挑戰

慢速分段 26-2A.MP3　慢速連續 26-2B.MP3　正常速連續 26-2C.MP3

❶ 私(わたし)は母(はは)の日(ひ)に母(はは)に花(はな)をあげた。
我在母親節時送了花給媽媽。

❷ A：誰(だれ)が田中(たなか)くんに私(わたし)のペンを貸(か)したの？
B：鈴木(すずき)くんが貸(か)したよ。
誰把我的筆借給田中了？
是鈴木小弟借給他的。

❸ 私(わたし)は海外(かいがい)の友達(ともだち)に英語(えいご)で手紙(てがみ)をもらった。
我從國外的朋友那收到英文的信。

❹ A：誰(だれ)にそんな日本語(にほんご)を習(なら)ったの？
B：ドラマで覚(おぼ)えたよ。
你從誰那學到那樣的日語的呢？
我是看連續劇學到的。

❺ 祖父(そふ)は毎年(まいとし)私(わたし)と弟(おとうと)にお年玉(としだま)をたくさんくれる。
爺爺每年都給我和弟弟很多的壓歲錢。

27 連接詞

本課來學習日語中幾個最基本的連接詞。

首先是,「そして」表示「還有(未完成的內容)」的意思,以「A。そしてB。」的句型為例,A和B都用形容詞,就可以表示「**A狀態,還有B狀態**」的意思。如果A的內容描述正面的情況,那麼B的內容也必須是正面的;反之,若A的內容是負面的內容,那也一樣會是B負面的內容才行。

「しかし」是逆接的連接詞,屬於是書面語,帶有生硬的語氣。與它相同的逆接詞另外還有「でも」和「ですが」。以語氣差別的角度來說,「でも」是口語,帶輕鬆的語氣,而「ですが」則是禮貌的語氣,偏向書面的用語,但是程度不會像「しかし」那般具有生硬的印象。

「それから」亦表示「然後」的意思,**基本概念為「依序提出內容」**。最典型的使用方式為「先做A,然後再做B」的動詞句。與「そして」不太一樣的是,「そして」的**基本概念為「有某項固定基礎,在此之上再提出附加的資訊」**,偏向「再加上某事、物」的意義。最典型的使用方式為「A,而且(/然後)B」的形容詞句。

「それから」和「そして」在很多的句子中可以相通。例如:「昨日(きのう)友達(ともだち)と映画(えいが)を見(み)た。それからレストランでご飯(はん)を食(た)べた(昨天和朋友去看電影,然後去餐廳吃飯。)」這句話也可以說成「昨日(きのう)友達(ともだち)と映画(えいが)を見(み)た。そしてレストランでご飯(はん)を食(た)べた。(昨天和朋友去看電影,還有去餐廳吃飯)」。這兩句話,在感覺上意義是差不多的。

但是,如果另有「鈴木(すずき)さんはきれいだ。そして頭(あたま)が良(い)い。(鈴木小姐很漂亮,而且很聰明)」這個句子改成了「鈴木(すずき)さんはきれいだ。それから頭(あたま)が良(い)い。(鈴木小姐很漂亮,然後很聰明)」的話,就有些細微的差別產生了囉!前者是主述鈴木小姐漂亮之外,再延伸表示她也有聰明的特質;但後者的感覺是**當話者講到「鈴木小姐很漂亮」的時候,他想到了別的內容要提,於是才又跟對方提到「她聰明的部分(是別的事了)」的印象**。

📖 跟讀練習

慢速 27-1A.MP3　正常速 27-1B.MP3

「そして」的應用

ここは交通が便利だ。そしてにぎやかだ。
這裡的交通便利，而且很熱鬧。

ここは交通が不便だ。そしてコンビニが少ない。
這裡的交通不太便利，且便利商店很少。

A：あのレストランはどうだった？　　那間餐廳怎麼樣？
B：値段が安かった。そしてサービスが良かった。
　　價格便宜，而且服務又好。

「しかし、でも、ですが」的應用

日本は交通が便利だ。しかし物価が高い。
日本的交通很便利，但是物價很高。

A：新しいアパートはどう？　　新的公寓怎麼樣？
B：少し狭い。でも駅から近いよ。　房子有點小，但距離車站很近。

昨日は早く寝ました。ですが、今日は元気じゃありません。
雖然昨天我很睡得早，但是今天沒有精神。

「それから」的應用

私は朝いつも顔を洗う。それから歯を磨く。
我早上總是先洗臉，然後才刷牙。

A：今日の午後は何をする？　　你今天下午要做什麼？
B：家に帰る。それからご飯を食べる。　我要先回家，然後吃飯。

📖 文法小提醒

當要連接兩個句子時，除了在後句的句首前加上「そして」相互連接之外，也能夠用前一句的句尾做出改變，把句子連接起來。

如果兩個句子中前面的句子是以「い形容詞」做結尾的話，就把結尾的「い」改成「くて」，便已達到跟「そして」一樣的效果（但記得「良い」變化之後的讀音不是「いくて」，而會變成「よくて」）。句尾變成「〜くて」之後，便能將從兩個獨立的句子連成一個新的長句，以「安(やす)くて、おいしい（便宜又好吃）」為例，它就是將「安(やす)い。そしておいしい。」這兩個句子中前句的句尾以「くて」的方式連結起來的句子，而「〜くて」就像中文到了段落處打上逗號一樣，所以日語也不能在「〜くて」的後面突然打上句號。前句的結尾為「な形容詞」和「名詞」句時則很簡單，只要將詞彙的句尾改成「で」就可以了（或加上「で」）。

如果前一句是動詞結尾變成了「て」或「で」，這時就變成帶有「それから」語義的意思了。當動詞結尾變「て」或「で」時的變化，也稱為「て形變化」。關於動詞「て形」的應用，除了目前所說的「それから」以外，還有別的使用方法存在。

※關於動詞「て形」的應用說明，請參照㉜順序（一）、㉝現在進行、習慣、結果的狀態、㉞授受動詞（二）、㊷委託、推薦、㊸允許、㊹義務、規則、㊼條件、假設（三）

不論是形容詞的「〜くて」、「〜で」（含名詞）及動詞的「て形」在各種時態或禮貌程度的句子都可以應用，以い形容詞為例：「このラーメンは安(やす)くて、おいしい。（這碗拉麵很便宜，又好吃；普通形）」、「このラーメンは安(やす)くて、おいしいです。（這碗拉麵很便宜，又好吃；禮貌形）」、「昨日(きのう)のラーメンは安(やす)くて、おいしかった。（昨天的拉麵很便宜，又好吃；普通形的過去形）」、「昨日(きのう)のラーメンは安(やす)くて、おいしかったです。（昨天的拉麵很便宜，又好吃；禮貌形的過去形）」等，這四個例句都是正確的。（其他詞性以此類推）

台湾のB級グルメは安くて、おいしい。
台灣的B級美食很便宜，又好吃。

日本のアニメは絵がきれいで、ストーリーがおもしろい。
日本動漫畫得很漂亮，而且故事也有趣。

A：日本の旅行はどうだった？　　　　日本的旅程玩得如何？
B：料理がおいしくて、温泉が気持ち良かったよ。
　　料理很好吃，而且溫泉也很舒服。

　　與先前的說明道理相同，使用「しかし、でも、ですが」這幾個逆接詞連結的兩個句子，也能連結成一個新的逆接句。這時候一樣在前句的句尾加上「が（雖然）」或「けど（雖然）」就行了（「けど」是「が」的口語體）。

　　一樣以い形容詞為例，「このラーメンはおいしいが、高たかい。（這碗拉麵雖然很好吃，但是很貴；普通形）」、「このラーメンはおいしいですが、高たかいです。（這碗拉麵雖然很好吃，但是很貴；禮貌形）」、「昨日きのうのラーメンはおいしかったが、高たかかった。（昨天的拉麵雖然很好吃，但是很貴；普通形的過去形）」、「昨日きのうのラーメンはおいしかったですが、高たかかったです。（昨天的拉麵雖然很好吃，但是很貴；禮貌形的過去形）」，這四個例句也都是正確的。（其他詞性以此類推）

このパソコンは性能が良いが、値段が高い。
這台電腦的性能很好，但是價格很貴。

A：今日の仕事はどうだった？　　　　今天的工作如何？
B：今日はあまりお客さんがいなかったけど、疲れた。
　　今天雖然客人很少，但是很累。

📖 進階跟讀挑戰

❶ 彼女の肌は白い。そしてとても滑らかだ。

她的皮膚很白,而且相當嫩滑。

❷ A：田中さんはどんな人ですか。
　 B：頭が良くて、バスケットボールが上手な人です。

田中先生是怎樣的人呢?

他是個很聰明,又很會打籃球的人。

❸ 明日の午前は学校へ行く。それから午後は郵便局へ行く。

我明天上午要去學校。然後,下午要去郵局。

❹ A：先週の日曜日は何をした？
　 B：ジムで運動した。それから友達とレストランでご飯を食べた。

你上個星期日做了什麼?

我去健身房運動。然後,跟朋友去餐廳吃了飯。

28 理由、原因

日文的「から」除了表示「從…」的意思以外，**也可以表示「因為…」的意思**。通常只要在說明理由的句子後面直接加上「から」即可完成。

在禮貌形的句子中，把說明理由的「から」接續在句尾的時候，會有兩種不一樣的說明語氣。第一種是句尾為「禮貌形＋から」的句型，這是最基本**闡述理由的「因為…」**；第二種則是句尾為「普通形＋からです」的句型，這種接續方式時，是**表示「是因為…」的意思**，其帶有解釋意思的語氣。

配合以下我們要做的練習，接著來學習幾個詢問理由或原因的疑問詞。首先是「どうして」，它是代表「為什麼」的意思。接著是另一個疑問詞「なんで」，它有兩種不同的意思，第一種為「どうして」的口語表現，第二種則是作為詢問使用手段的疑問詞使用。例如，「どうして学校へ行く？」，這句很明確的是「你為什麼要去學校？」的意思；但是「なんで学校へ行く？」的意思有則兩個可能性，首先是「你為什麼要去學校？」，接著則是「你怎麼去學校？（你用什麼交通工具去學校？）」。

如果一定要詢問手段，也可以用「なにで学校へ行く？」來問。但嚴格來說，這不是最正確的疑問詞，因為以日語發音規則的角度來看，「なんで」才是詢問手段這個疑問詞最正確的發音，但還是可以使用的。

📖 跟讀練習

「から」的應用

さっきたくさんご飯を食べたから、お腹が痛い。
因為吃了很多飯，所以肚子很痛。

夏だから、とても暑い。　　　因為是夏天，所以很熱。

昨日は用事がありませんでしたから、家でゲームをしました。
因為昨天沒有事情，所以我在家裡玩遊戲。

私は明日ずっと家にいます。休みですから。
因為明天是假日，所以我會一直在家裡。

今日新幹線は動きません。台風が来たからです。
因為颱風來了，所以今天新幹線停駛。

「どうして」的應用

A：今日はとても疲れました。　　　今天我很累。
B：どうして疲れましたか。　　　　你為什麼很累呢？
A：今日は仕事が多かったですから。　因為今天的工作很多。

「なんで」的應用

A：私はぜんぜん貯金がないよ。　　我都沒有存款喲。
B：なんで？　　　　　　　　　　　為什麼呢？
A：毎日いろいろな物を買うから。　因為我每天會買很多東西。

📖 文法小提醒

　　在表示理由或原因的時候，除了「から」以外，另外還有一個文法是「ので」也能使用。在句型的接續上「ので」和「から」一樣，直接在表理由或原因的內容後面加上「ので」就可以了。

　　基本上「から」和「ので」一樣都是作為原因及理由的表示；但從不同的角度來看，兩者之間還是有一點點的區別。首先，「から」能夠以「〜からです」的句型構成帶有解釋語氣的「是因為…」表現；但是「ので」，則不能以「〜のでです（×）」的句型來做說明，這一點在文法上是明確的錯誤，請熟記。

　　接著兩者在印象上也有些細微的差別，「から」會給人感覺很直截了當地表示出理由，毫不婉轉，因此禮貌程度相對較低。相對的，「ので」提出理由時的語氣比較客觀委婉，禮貌程度自然較高。因此，在道歉、請對方幫

助等，感覺「不好意思」的時候，最好要使用「ので」比較恰當。

とても暑いですから、エアコンをつけました。
＝とても暑いので、エアコンをつけました。
因為很熱，所以我開了空調。

A：どうして遅刻しましたか。　　　你為什麼遲到了呢？
B：すみません、電車が遅れたので、遅刻してしまいました。
　　不好意思，因為火車誤點，所以我遲到了。
《×》すみません、電車が遅れましたから、遅刻してしまいました。
（過於直接，不合適的表達）

すみません、熱があるので、今日は会社を休んでもいいですか。
不好意思，因為我發燒了，今天可以請假嗎？
《×》すみません、熱がありますから、会社を休んでもいいですか。
（過於直接，不合適的表達）

とても困っているので、お金を貸してもらえませんか。
因為我很困擾，可以借錢給我嗎？
《×》とても困っていますから、お金を貸してもらえませんか。
（過於直接，不合適的表達）

📖 進階跟讀挑戰

慢速分段 28-2A.MP3　慢速連續 28-2B.MP3　正常速連續 28-2C.MP3

❶ 甘いものを食べすぎたから、体重が増えた。　因為吃了太多甜點，體重增加了。

❷ 仕事が忙しかったから、今日は昼ご飯の時間がなかった。

因為工作很忙,所以今天沒有時間吃午餐。

❸ 明日は早く起きる必要があるから、今日はもう寝る。

因為明天需要早點起床,所以今天已經要睡覺了。

❹ 今日は連休だから、遊園地は人がとても多い。

因為今天是連假,所以遊樂園裡面的人很多。

❺ 鈴木さんは一生懸命勉強をしたから、試験に合格した。

因為鈴木先生拼命學習,所以他通過了考試。

29 指示不確定的人、事、物、地點…

當在**疑問詞的後面加上了「か」時**，等同於「不確定的人、事、物、地點…」的概念，**就好像中文的「某…」的意思。**

我們以疑問詞「何（なに）」造句為例，「何（なに）を食（た）べた？」是指「吃了什麼？」的意思，在這個疑問句當中，先記得說話者想要問的核心是吃了具體的「什麼（東西）」，接下來我們再來看，當疑問詞「何（なに）」加上「か」變成「何（なに）か」，句子改成「何（なに）か食（た）べた？」時，這時候因為「何（なに）か」指的是「某樣特定的東西」，所以這時說話者詢問的核心就是「你有沒有吃了某一樣東西→也就是（你有沒有吃東西）」的意思了。

雖然在實際上的對話中，不管別人問自己「何（なに）を食（た）べた？」或「何（なに）か食（た）べた？」時，許多時候只要直接回答自己吃過的東西，溝通上也不會造成問題。但嚴格來說，針對上述兩個問句回答時，內容也要有所斟酌。如果對方問的是「何（なに）を食（た）べた？」時，就要回答自己已經吃了的食物名；而對方問的是「何（なに）か食（た）べた？」時，其問題核心是在於「你有沒有吃東西了？」，所以回答時就應該要以說「はい（有、有的）」或「いいえ（沒有、還沒有）」來發話。另外，「誰（だれ）がいる？」和「誰（だれ）かいる？」等問句的差別也能以此類推。

「疑問詞＋か」的句型不一定只限用在疑問句中。以「部屋（へや）に誰（だれ）かいます（有某個人在房間裡）」這個句子為例，你是否發現了，它的句尾沒有加「か」，也沒有加問號，但像這樣的用在肯定句中也是正確的。再延伸提一下，剛剛那個句話如果是「部屋（へや）に何（なに）かいます。」時要注意，疑問詞是「何（なに）か」代表這不是在說「人」，我們也可以從句中搭配的動詞「います」判斷出（還記得「います」是表示生命體吧！），雖然說話者是說了房間裡「有（什麼）存在！」，但是他講的一定是「（有生命的）某種動物」在房間裡。

146

接下來提一下稍後練習時會用到的疑問詞—「どれ（哪一個）」，它是「從眾多選項中挑選其一」的概念，如果「どれ」加上「か」變成「どれか」，就是指「眾多選項中的哪一個？」，即是「某一個」的意思了。

「疑問詞＋か」的句型之後接續助詞時，除了「は、が、を」之外皆不可省略。不過表示方向（目的地）的「へ」是可以省略的。

當「疑問詞＋か」之後有補充的內容時，助詞要加在補充內容的名詞後面。以「何か楽しいことはあった？（有什麼很開心的事嗎？）」這個句子為例，「疑問詞＋か」的後面有一個「楽しいこと」即為「何か」的補充內容。「楽しいこと」的結構是「楽しい（形容詞）＋こと（名詞）」，所以助詞擺在「こと（名詞）」之後。此外，**由於此時助詞不是直接加在「疑問詞＋か」之後，所以即便助詞是「は、が、を」也都不可刪除。**

📖 跟讀練習

慢速　　正常速
29-1A.MP3　29-1B.MP3

「不確定的人、事、物」的應用

A：今朝何を食べた？　　　　　　　今天早上吃了什麼呢？
B：パンを食べた。　　　　　　　　我吃了麵包。

A：今朝何か食べた？　　　　　　　今天早上有吃了什麼了嗎？
B：うん、（パンを）食べた。　　　嗯，吃了（麵包了）。

誰がいる？　　　　　　　　　　　有誰在？（具體地問是誰在。）
誰かいる？　　　　　　　　　　　有什麼人在（場）嗎？

部屋に誰かいます。　　　　　　　有人在房間裡。
部屋に何かいます。　　　　　　　有什麼動物在房間裡。

この店は素敵な帽子がたくさんあるから、どれか買いたい。
因為這間店有很多很好看的帽子,我想要買一頂。

来週は誰かとどこか(へ)行きたい。
我下個星期想要和某個人一起去玩。

疲れたからどこかで休まない？
因為很累,我們要不要找個地方休息。

A：最近何か楽しいことはあった？　　最近有什麼開心的事嗎？
B：特に何もなかったよ。　　沒什麼特別的事。

私は将来、どこか静かな所で生活したい。
將來我想要在某處很寧靜的地方生活。

📖 文法小提醒

再學一個疑問詞的用法,以「疑問詞＋も＋否定」這樣的句型可以表示「完全不…」的概念。使用時,除了「は、が、を」以外的助詞要加在「疑問詞」和「も」的中間。另外,表示目的地的「へ」也可以省略。

コンビニで何も買わなかった。　　我在便利商店裡什麼都沒買。
今日は雨だからどこ(へ)も行かない。
因為今天下雨,我哪裡都不去。

A：喫煙所はどこにありますか。　　吸菸區在哪裡？
B：どこにもありません。　　這裡沒有吸菸區(哪裡都沒有)。

如果是應該要加上助詞的句子卻忘了沒有加上的話,句子的意思就會整個不一樣。以「誰とも話さない」這個句子為例,這是「我沒有跟任何人說話」的意思,這是說話的人表示自己沒有跟任何人交談,但是周圍其他

的人可能有在互相聊天。但是，如果是少了那個助詞「と」變成「誰だれも話はなさない」時，就變成是指沒有任何人在講話的意思了。

A：昨日きのう、誰だれかと話はなした？
B：ううん、誰だれとも話はなさなかった。

昨天你有別人說話嗎？
不，我沒有和任何人說話。

図書館としょかんの中なかの人ひとは誰だれも話はなしていない。
在圖書館裡面，沒有任何一個人在說話。

📖 進階跟讀挑戰

慢速分段 29-2A.MP3　慢速連續 29-2B.MP3　正常速連續 29-2C.MP3

❶ A：ああ、お腹なかが空すいた。
　 B：じゃ、どこかで何なにか食たべよう。

唉，我的肚子太餓了。
那我們找個地方吃點什麼吧！

❷ 今年ことしの夏休なつやすみはどこかへ行いって、何なにかしたい。

今年的暑假我想要找個地方去做點什麼。

❸ A：昨日家きのういえにいなかったね。誰だれかとどこか（へ）行いった？
　 B：うん。友達ともだちと遊あそびに行いった。

你昨天不在家裡對吧！和有某人出外到哪去嗎？
嗯，我和朋友一起出門去玩。

❹ 買かい物ものが面倒めんどうだから、今日きょうは冷蔵庫れいぞうこの中なかの食材しょくざいで何なにか作つくって食たべる。

因為去買東西很麻煩，所以今天用冰箱裡的食材隨便做點什麼吃。

❺ A：日本語にほんごが上手じょうずですね。どこかで習ならいましたか。
　 B：はい。大学だいがくで日本語にほんごを勉強べんきょうしました。

你的日語很好呢。你在哪裡有學過日語嗎？
嗯，我在大學時有學過日語。

149

30 表達「目的」

　　要如何用日語表達動作的目的呢？先從中文試想看看「我去學校上課」、「我去餐廳吃飯」、「我去日本玩」等等…，不難發現這些表達的目的通常都會是一項行動，而在日語中也是一樣，因此表達「目的」的詞彙一般以兩種方式表現，①是以動詞「ます形（去掉ます）」後再加「に行ᵢく（去做…）」完成句型，例如：「遊ぁそびに行く（去玩）」（「遊ぶ → 遊びます → 遊ぁそび」）等；②是在「に行ᵢく」在之前加上動作性名詞即完成句型，例如：「買ゕい物ものに行ᵢく（去購物）」、「観光ゕんこうに行く（去觀光）」等等，動作性名詞除了可以直接以名詞接續「に行ᵢく」之外，因為它們本來就是應用在「〜をします」句型中的名詞，所以也可透過動詞句型的方式像①一樣用ます形（去掉ます）的方法表現。下面以「勉強べんきょう（用功）」配合「に行ᵢく」為例，用表格一次清楚整理出三種組合結構：

句型結構	用例	解說
（動作性名詞） ＋に行ᵢく	英語ぇぃごの勉強べんきょうに行ᵢく （去學習英文）	日語中「英文」與「學習」之間是接續助詞「の」，因此「勉強べんきょう」被視為直接以名詞接續的方法表現。
（動作性名詞） 〜しに行ᵢく ＊動詞句型方式	英語ぇぃごを勉強べんきょうしに行ᵢく （去學習英文）	是以「勉強べんきょうする→勉強べんきょうします→勉強べんきょうし」的這種方法表現。
（動作性名詞） ＋を＋しに行く ＊動詞句型方式	英語ぇぃごの勉強べんきょうをしに行ᵢく （去學習英文）	是以「勉強べんきょうをする→勉強べんきょうをします→勉強べんきょうをし」的這種的方法表現。

　　不論是①還是②，句型裡的助詞「に」即為本課的重點，即表示要進行的「目的（動作）」。

　　接著我們來預防當「に」出現太多次的時可能會出現的混淆。例句再拉長一點，以「私ゎたしはスーパーに飲のみ物ものを買ゕいに行ᵢく（我去超市買飲料）」這句話為例，在這個句子中出現了兩個「に」，哪個是指目的呢？記得前面說的目的會是「一項行動」，自然就是「買ゕい（買）」。而「スーパ

ー（超市）」是一個目的地（是個完全性的名詞，所以並非行動目的），所以自然很容易判斷兩個「に」之間的差異。而因「スーパー」**是目的地的關係，所以可以與「へ」互換使用；但表示目的「買かい」的後面就只能用「に」。**額外一提，當這個句子的句尾不是以進行目的「に行いく」的形態構成，而是以「飲のみ物ものを買かう（買飲料）」這個單純的動作表達時，這時的「スーパー」指的是「買飲料」這個動作的執行範圍，「スーパー」後則必須使用助詞「で」，變成「私わたしはスーパーで飲のみ物ものを買かう（我在超市買飲料）」。

為了不讓「に」的概念太過混淆，我們來回想比較一下吧！本單元中我們說了「**に」表示的是動作的目的，但先前也曾提過「に」也表示存在的地點**（但此時只有搭配「いる」跟「ある」這兩個基本動詞）及接受動作的對象。因為我們上一段提到的動作是「飲のみ物ものを買かう」，所以如果句子改成「私わたしはスーパーに飲のみ物ものを買かう」的話，這時候的「に」不是指目的（因為句尾不是「に行いく」的結構）、也不是存在地點（因為後面的動詞不是「ある」或「いる」），而是接受的對象，所以這句話硬翻就會變成了「我買了飲料送給超市」。請務必分清楚喔！

此外，表「目的」的例句中，目的地之後也可以使用助詞「まで（到）」，就會產生「特地…」的語感。以「北海道ほっかいどうへスキーに行いった」、「北海道ほっかいどうにスキーに行いった」和「北海道ほっかいどうまでスキーに行いった」這三句都是「去北海道滑雪」的意思。但是「北海道ほっかいどうまで」的這一個，語氣中帶有「專程跑到北海道一趟」的印象在裡面。

📖 跟讀練習

慢速 30-1A.MP3　　正常速 30-1B.MP3

以動詞ます形的方式表達目的

私わたしは郵便局ゆうびんきょくへ手紙てがみを出だしに行いく。　　我去郵局寄信。

おととい友達ともだちと東京とうきょうへ遊あそびに行いった。　　我前天和朋友一起去東京玩。

以動作性名詞的方式表達目的

明日あしたから5日いつか、日本にほんへ旅行りょこうに行いく。　　我從明天開始去日本旅遊五天。

A：先週はどこか出かけた？　　　你上個星期去哪裡嗎？
B：うん、公園へ散歩に行った。　對，我去公園散步。

動作性名詞以動詞句型表達目的

田中さんは来年からアメリカへ英語を勉強しに行く。
＝田中さんは来年からアメリカへ英語の勉強をしに行く。
＝田中さんは来年からアメリカへ英語の勉強に行く。
田中先生從明年開始去美國學習英文。

A：先月山田さんとどこへ行きましたか。
上個月你和山田先生去了哪裡？
B：北海道までスノーボードをしに行きました。
到北海道去滑單板。

📖 文法小提醒

　　關於「（動作的）目的＋に＋行く」這個句型中的「行く」，還可以改成「来る（來）」或「帰る（回、回去）」這兩個移動性動詞使用，達到不同移動方向的表達。

　　簡單對比一下，「スマホを取りに行く（去拿手機）」這個句子，把句尾動詞簡單改造成「スマホを取りに来る」或「スマホを取りに帰る」的話，就分別成為「來拿手機」跟「回去拿手機」的不同意義。

今週小学生が仕事の見学に来る。
這個星期國小生會參觀我們的工作。
来年台湾の友達が私に会いに日本へ来る。
明年台灣的朋友會來日本找我。
今晩友達が私の家へご飯を食べに来る。
今天晚上朋友會來我家吃飯。

A：どうして帰りましたか。　　　你為什麼回家了呢？
B：スマホを家に忘れたので、取りに帰りました。
　　因為我把手機忘在家裡，所以回去拿手機。

毎年正月は家族に会いに実家へ帰る。
我每年的正月都會回老家看家人。

📖 進階跟讀挑戰

慢速分段 30-2A.MP3　慢速連續 30-2B.MP3　正常速連續 30-2C.MP3

❶ テストが終わったから、皆で一緒にカラオケに行った。
因為考試結束了，所以我和大家一起去唱卡拉OK。

❷ 鈴木さんは大学を卒業してから、台湾へ留学に行った。
鈴木先生畢業大學之後，去了台灣留學。

❸ A：来週仕事の後で飲みに行かない？
B：いいね。行きたい。
下個星期在工作結束了後，要不要去喝一杯？
好啊。我也想去。

❹ A：昨日は何をしに田中さんのところへ行ったの？
B：お金を返しに行った。
昨天你去田中先生那裡做什麼？
我拿錢去還他。

❺ A：よかったら、来週どこかへ遊びに行きませんか。
B：すみません、来週は両親が私に会いに来るので、時間がありません。
可以的話，要不要一起去哪邊玩？
不好意思，因為下個星期我的父母來找我，所以沒有時間。

31 提議

當我們要向他人進行「提議」某事時，日語該怎麼說呢？很簡單，我們**可以將日語禮貌形的結尾的「ます」改成「ましょうか」，便完成了詢對方是否需要幫助的提議句型**。以「窓を開けましょうか。（要不要我來開窗戶呢？）」這句的確認提問為例，話中就含帶著「需不需要我來幫忙（做開窗這件事）」的提議語氣。

為了不讓學習者產生混淆，接下來我們來比較幾個由「ます」延伸出來的文法變化的微小差異：

ます延伸的文法	意義及差異
～ましょうか。	「需不需要我來幫忙做…？」，是提議的語氣。
～ましょう。	其最基本的使用狀況為積極地邀請他人，也可以表達積極的提議，但並沒有含帶確認對方要不要的語氣。
～ませんか。	代表「你要不要做…？」的意思，可以表達「邀請」或「推薦」。
～ますか。	單純問「要做…嗎？」的意思，文法上並沒有表達「邀請」或「提議」的作用。

當使用「～ましょうか」對他人提出提議之後，他人的反應會是如何呢？一般來說有兩種可能性，第一種是對方接受了提議，就會說「お願ねがいします。（麻煩你、拜託了）」或是「ありがとうございます。（謝謝）」的正面回應；但如果對方禮貌性地拒絕時，我們會聽到「いいえ、結構けっこうです。（不用了，謝謝）」這句話。

另外，你可能會想說也可以用耳熟能詳的「いいです（よ）」來回答。但是這裡要額外說明一下，當對方提問的是允許性的「可不可以…？」時，「いいです（よ）」自然是代表「可以」的回應；但是，如果**提問的是提議性的「要不要…？」時，這時候回答者的意思則變成了「沒有也沒關係、已經足夠、算了」的概念**，也就是說「不要」的意思囉！那麼說回來，由於「～まし

ょうか」是「要不要…?」的提議問句之一，所以「いいです（よ）」這個回應指的是「不需要你的幫忙」的回應（也沒有「謝謝」的含義在裡面），千萬別會錯意了。

📖 跟讀練習

慢速 31-1A.MP3　正常速 31-1B.MP3

表示提議

A：暑いですから窓を開けましょうか。
　　因為很熱，需不需要我開窗戶呢？
B：はい、お願いします。／ありがとうございます。
　　好的，麻煩你。／謝謝。

A：私がパソコンの使い方を教えましょうか。
　　需不需要我教你電腦的使用方法？
B：はい、お願いします。／ありがとうございます。
　　好的，麻煩你。／謝謝。

A：仕事が多いですね。手伝いましょうか。
　　你的工作量很多吧！要不要我來幫忙呢？
B：いいえ、結構です。
　　不用了，謝謝。

📖 文法小提醒

　　日語中表示「怎麼樣、如何」的用語是「どう」，當它與「する」結合時，可以變成禮貌形的「どうしますか?」和普通形的「どうする?」，都是表示「怎麼辦」的概念。

　　先淺說一下，「どうしますか」和「どうする?」這兩句話說出來時，是

詢問「打算怎麼處理事情」的意思；但若是說成本單元的重點句型「どうしましょうか」或「どうしましょう？」時，語氣上就明示了「我打算和你一起處理事情」的態度。

如果要表現「我來處理事情」的態度，句尾就要變成向對方詢問意見的「どうしたら良いいですか」、「どうしたら良い？」、「どうすれば良いいですか」、「どうすれば良い？」這幾個句型來使用。

總而言之，「怎麼辦」在日語中能有各種不同立場及態度的說法，但回答內容可能都會是一樣的。

A：部長、この書類はどうしますか。／どうしましょうか。／どうしたら良いですか。
　　經理，這份資料該怎麼處理？／我該如何處理呢？／該怎麼處理才好呢？
B：コピーをして、会議室に持って行ってください。
　　請先影印之後，再拿到會議室。

要注意的是，變成過去形之後，意思就完全不同囉！「どうしましたか」和「どうした？」就變成了詢問「怎麼了？；怎麼回事？」的意思。

A：どうしたの？　　　　　　　　　你怎麼了？
B：手に火傷をした。　　　　　　　我的手燙傷了。

📖 進階跟讀挑戰

慢速分段 31-2A.MP3　慢速連續 31-2B.MP3　正常速連續 31-2C.MP3

❶ A：荷物がたくさんありますね。1つ持ちましょうか。　　你行李太多了吧！要不要我來幫你拿一個？
　 B：ありがとうございます。　　　謝謝你。
　 A：いえいえ。　　　　　　　　　不會。

156

❷ A：私から山田さんに連絡しましょうか。　　要不要我來聯絡山田先生呢？
　B：いいえ、結構です。
　A：そうですか。／分かりました。

不用了，謝謝。
好的。／知道了。

32 順序（一）

本單元要講的是動詞的順序意義。在日語的動詞變化中，**當動詞從原形變成「て」或「で」的句型結構時稱之為「て形變化」**。「て形變化」的**基本功用是用於「連接」，可以表達出「一個句子只表達到一半，後面還沒完結」的概念，即具有「然後、還有…」等含義**。變化時跟「た形」的變法幾乎一模一樣，所以即使若我們還不是很清楚怎麼變時，可以先把動詞變成「た形」，然再把「た形」結尾的「た」改成「て」、「だ」改成「で」就能夠完成了。

接下來我們來了解更深入的意義，我們以「ご飯はんを食たべて、お風呂ふろに入はいって、テレビを見みる。（吃了飯、去泡了澡、看電視）」這句由三組動作構成的句子為例，句中的「食たべて」其實等同「食たべる。それから～（吃…，然後）」，「入はいって」則是等同「入はいる。それから～（進去…，然後）」，所以如果句尾的「見みる」也改成「見みて」的話，就會表示後面還有其他的動作，意思就能再延續下去。所以最後一組的動作就不能再用「て形」，否則日本人會以為你的話還沒說話，並瞪大眼睛盯著你等你說完，因此必須使用原形才能讓對方了解這一句話已經結束。此外，在這種表達動作順序的句子中，還可以加上「それから」讓句子的順序更加地一目了然。

「て形＋から」的句型是自「て形」衍生出來的應用法，其與上述的「て形」單獨應用時，意思上沒什麼兩樣，硬要區分的話，「て形＋から」在表達上比只有用「て形」用表達動作順序時，會有更清楚明白的印象。

學習者在學習時，乍看可能會認為「宿題しゅくだいをしてから寝ねる」跟「宿題しゅくだいをして、寝ねる」這兩句的差別在於前者是明確帶有「完成了作業之後，才入睡」，後者則是只有「先寫作業，才入睡」的意思。但事實上並非如此，兩者的意思在日語中不相伯仲，特別是前句在沒有完成作業的時候也可以使用。

然而，雖然「て形」於句子中出現幾次在文法中都可以容許，但是當一句話中出現太多次以「て形」來連接的內容時，會讓人感覺到複雜又冗長，

所以一句話中通常有兩到三個「て形」就算是很多了。

📖 跟讀練習

慢速 32-1A.MP3　正常速 32-1B.MP3

表示順序（動詞て形變化）

今日はご飯を食べて、お風呂に入って、（それから）テレビを見る。
今天吃飯後泡澡，然後看電視。

昨日9時に起きて、顔を洗って、（それから）仕事をした。
昨天九點起床，然後洗臉，然後就開始工作了。

A：明日何をしますか。　　　　　明天你要做什麼呢？
B：お客様に連絡して、会議をして、（それから）銀行へ行きます。
明天跟客人聯絡，接下來要開會，然後去銀行。

表示順序（動詞て形變化＋から）

私はいつも歯を磨いてから顔を洗う。
＝私はいつも歯を磨いて、（それから）顔を洗う。
我總是刷了牙之後，再洗臉。

鈴木さんは窓を閉めてからエアコンをつけた。
鈴木先生關掉窗戶之後，打開了空調。

A：次の休みの日は何をする？　　　下一次的休假你要做什麼？
B：車で彼氏の家へ行ってから、一緒にデパートへ買い物に行く。
開車去男朋友家之後，和他一起去百貨公司購物。

159

動詞て形變化與て形變化＋から的比較

《○》ご飯を食べて、お風呂に入って、（それから）寝ます。
＝《○》ご飯を食べて、お風呂に入ってから、寝ます。
＝《○》ご飯を食べてから、お風呂に入って、寝ます。
吃飯後，去泡澡，然後去睡覺。
《×》ご飯を食べてから、お風呂に入ってから、寝ます。

📖 文法表格解析

	辭書形	て形
第一類動詞	〜す（例：話す）說	〜し＋て（例：話して）說…，然後…
	〜く（例：書く）寫	〜い＋て（例：書いて）寫…，然後…
	〜ぐ（例：泳ぐ）游	〜い＋で（例：泳いで）游…，然後…
	※行く 去	※行って 去…，然後…
	〜う（例：買う）買 〜つ（例：持つ）帶 〜る（例：帰る）回去	〜っ＋て（例：買って）買…，然後… （例：持って）帶…，然後… （例：帰って）回去…，然後…
	〜ぬ（例：死ぬ）死 〜ぶ（例：遊ぶ）玩 〜む（例：飲む）喝	〜ん＋で（例：死んで）死…，然後… （例：遊んで）玩…，然後… （例：飲んで）喝…，然後…
第二類動詞	〜る（例：食べる）吃	〜る＋て（例：食べて）吃…，然後…
第三類動詞	来る 來	来て 來…，然後…
	する 做	して 做…，然後…

📖 文法小提醒

動詞「て形」除了本課的說明之外，還有其他的意義存在，以下做個簡單的匯整。

第一：是在本課中提到的作用，即連接詞的效果，為「然後…、還有…、接下來…」的意思。

第二：可以表示原因的作用，形成「先發生…，導致…」的意思。（這部分屬於N4程度的文法。）

第三：可以後接「ある（有、在）」、「いる（有、在）」、「ください（請…）」等可以做為補助動詞的相關詞彙。以「食(た)べている」為例，經過補助動詞的意義之後，就成為了「正在吃」的意思。

※關於「…ている（正在…）」的說明，請參照㉝現在進行、習慣、結果的狀態的文法小提醒

📖 進階跟讀挑戰

慢速分段 32-2A.MP3
慢速連續 32-2B.MP3
正常速連續 32-2C.MP3

❶ 朝(あさ)ごはんを食(た)べて、部屋(へや)を掃除(そうじ)して、（それから）友達(ともだち)と映画(えいが)を見(み)に行(い)った。

我吃了早餐後，打掃房間，然後和朋友一起去看電影。

❷ A：先週(せんしゅう)の土曜日(どようび)、何(なに)をした？
B：神社(じんじゃ)へお参(まい)りに行(い)って、東京(とうきょう)で友達(ともだち)に会(あ)って、レストランで友達(ともだち)と食事(しょくじ)した。

上個星期六你做了什麼了呢？
我去神社拜拜之後，在東京和朋友見面，然後跟他一起去吃飯。

❸ 田中(たなか)さんはいつも会社(かいしゃ)へ来(き)てから朝(あさ)ご飯(はん)を食(た)べる。

田中先生總是到了公司之後就吃早餐。

❹ A：この資料はどうしましょうか。
   B：印刷してから部長に見せてください。

這份資料應該怎麼辦呢？
請你印出來之後，拿給經理看。

❺ A：先週の木曜日は忙しかった？
   B：うん。朝8時に研究室に行ってから、論文を書いて、先生と話して、それからアルバイトに行った。

上個星期四很忙嗎？
對，我早上八點鐘去研究室之後就寫論文，接著和老師談話，然後去打工。

33 表示現在進行、習慣、結果的狀態

　　本課延伸上一課的「て形」，來講「て形＋いる」的文法。「て形＋いる」的基本概念是「（正）在做…」的意思。大體上來說可以分類為以下這三種概念。

　　首先是「現在進行」的概念，即表示介於動作自開始到完成之間的狀態。以「今ｉｍａご飯ｈａｎを食ｔａべている」這個句子為例，句子中「食ｔａべている」表述的是介於「食ｔａべる（要吃）」與「食ｔａべた（吃了）」中間在吃東西的狀態，即可推想是「現在正在吃」的意思。我們來看下列的圖示：

開始　　　　て形＋いる（現在進行）　　　　完成

　　第二個是表達「習慣」的概念，即表示一段時間裡一直常態性地重複進行某個相同動作的概念。以「毎日ｍａｉｎｉｃｈｉ運動ｕｎｄｏｕしている」這個句子為例，便是指每天都會做重複相同的運動，即「每天都在運動」的意思。我們來看下面的圖示：

前天　　　　昨天　　　　今天

て形＋いる（習慣）

❶ 初級文法基礎篇
❷ 初級文法延伸篇
❸ 進階文法基礎篇
❹ 進階文法延伸篇

除了生活習慣以外，在提及業務內容的介紹等時候亦可使用。例如，「父ちちの会社かいしゃは電気製品でんきせいひんを作つくっている（爸爸的公司在製造電器製品）」、「この店みせは本ほんを売うっている（這家店在賣書）」等等。

第三個是表達「結果（持續）狀態」的概念。以「私わたしは結婚けっこんしている」這個句子為例，這句話很容易被學習者誤解為「我正在結婚（×）」，但事實上這裡的「結婚けっこんしている」並不是表達反覆在做穿禮服或婚紗、進禮堂、許下諾言等這些「結婚」的動作，而是說明「結婚けっこんした（結婚了）」之後持續的狀態（存在著已經結婚的這個狀態）。相對的，如果句子是「結婚けっこんしていた」，因為「た形」說明的是過去的情況，所以就是「以前有結婚的狀態」。也就是說，當說出這句話時，有可能是指因為已經離婚了或是配偶已經過世等原因，所以現在已經變成沒有婚姻的狀態了。請看下面圖示：

完成　　　　て形＋いる（結果的狀態）

另外再舉例，「スーツを着きている（穿著西裝）」和「知しっている（知道著）」等句中應用的「て形＋いる」也跟上述的「結婚」是一樣的概念。

上述三種「て形＋いる」的句子我們可以再把它變化成各種形態，例如：否定形為「て形＋いない」、過去形為「て形＋いた」、過去否定形為「て形＋いなかった」等等…。但是「知しっている」是例外喔！因為它的否定句不是「知しっていない」，而是直接用「知しらない」而已。

最後提一下，「て形＋いる」的口語表現中，會把「い」給省略掉。例如，「食たべている」的口語為「食たべてる」，「食たべていない」的口語則是為「食たべてない」等等。

📖 跟讀練習

慢速 33-1A.MP3　正常速 33-1B.MP3

表示現在進行

今昼ご飯を食べている。　　　　　　　我現在在吃飯。
鈴木さんは今会議（を）しています。　鈴木先生現在正在開會中。

A：田中さんはどこ？　　　　　　　　田中先生在哪裡？
B：今教室で先生と話して（い）るよ。　他現在正在教室和老師說話。

表示習慣

私は毎日家でご飯を食べている。　　　我每天都在家裡吃飯。
クラスメートは毎週塾に通っている。　我的同學每週都去補習班。

A：よく彼氏と電話して（い）る？　　妳常常和男朋友講電話嗎？
B：うん。毎日電話して（い）る。　　對，我每天都跟他講電話。

表示結果（持續）的狀態

私は結婚しています。　　　　　　　　我已婚。
鈴木さんは今日スーツを着ている。　　鈴木先生今天穿著西裝。

A：レポートは書いた？　　　　　　　你已經寫好報告了嗎？
B：はい、終わっています。　　　　　對，我已經寫完了。

A：営業の田中さんを知って（い）る？　你知道業務的田中先生嗎？
B：ううん、知らない。　　　　　　　不，我不知道。
　《×》ううん、知って（い）ない。

❶ 初級文法基礎篇
❷ 初級文法延伸篇
❸ 進階文法基礎篇
❹ 進階文法延伸篇

📖 文法小提醒

　　副詞「もう（已經）」及「まだ（還沒）」可以配合「て形＋いる」的應用，但這兩個很容易讓人混淆，所以本篇來解說一下。

　　「もう」是「已經」的意思，但隨著後述句子的時態不同，意義會有細微的改變。若後面搭配過去肯定形的內容，表達的就是「完成」的概念。反之，若「もう」的後面搭配的是非過去肯定形的動作，那就變成「差不多（已經）要開始做…（後面的動作了）」。好比說：「もう晩ご飯を食べる」是指「差不多要吃飯了」、「もう帰る」是指「差不多該回去了」，「もう寝る」表示「差不多要就寢了」，以此類推。

　　「もう結婚している（已婚）」這個句子中，「もう」修飾的重點是結果的狀態，即「現在已有婚姻的狀態」；若是講「もう結婚した（已經結婚了）」，這時候修飾的重點則是在「已經進了禮堂、交換誓言…等結婚」的這個完成性動作。簡單來說，前者是的核心是放在「已婚（現在的情況如何？）」的說明，而後者則是在「結婚了（做了什麼？）」的上面。

　　接著是「まだ」，這個副詞也會因為接續形態的不同，而產生語義的分歧。單獨使用「まだ」時，就是「還沒」的意思；但是「まだ」的後面搭配非過去肯定形的動作時，即指「還要做（後面的動作）…」的意思。另外，「まだ」搭配否定形、「て形＋いる」、「～たい」等形態時，也跟後者一樣是仍要進行某動作的意思。例如，「まだ食べる」是「還要吃」、「まだ食べている」是「還在吃」、「まだ食べたい」則是「還想要吃」的意思。因此不是「まだ」就一定等於「還沒」，要記清楚喔！

　　此外，用在否定形要留心一下，如果是「まだ食べない」的話是指主觀性的「因自己的意志而決定現在不要開始吃」等情況，自然就是「還不吃」但帶著「以後要吃」的涵義。而「まだ」若後面搭配的「て形＋いない」的句型時，就跟單獨使用的「まだ」時一樣，是「還沒…」的意思了。

進階跟讀挑戰

❶ 今赤ちゃんが寝ているから、静かにして。
因為現在小嬰兒在睡覺，請你保持安靜。

❷ 兄はいつも勉強する時、音楽を聞いている。
哥哥每次在學習的時候，都會聽音樂。

❸ A：今日の仕事はもう終わった？
今天的工作已經結束了嗎？
B：まだだけど、疲れたから休憩している。
還沒，但是因為很累，所以我去休息一下。

❹ 今月は忙しいので、毎日4時間ぐらい残業している。
因為這個月很忙，所以我每天加班大概四個小時。

❺ 猫は毎日私のベッドの上で寝ている。
貓咪每天睡在我的床上。

❻ A：山田さんはバスケットボールが上手だね。
山田先生很會打籃球。
B：そうだね。毎日バスケットボールの練習をしているからね。
對，因為他每天都在練習打籃球。

❼ A：もう飲み会は始まって（い）る？
已經開始聚餐會嗎？
B：まだ始まって（い）ないよ。
還沒開始。

❽ 鈴木さんは有名な女優にとても似ている。
鈴木先生很像一位有名的女優。

167

34 授受動詞（二）

　　本單元將說明「授受動詞」的延伸用法，當它們與「て形」結合時，表示授受前述動作。在此用法中，動詞「て形」的後面加上的「あげる、もらう、くれる」皆是表示「接受動作者對於施予動作者的感謝」喲！

　　「あげる」本身具有「給予（別人）」的方向性。同理可以推敲，當「あげる」搭配動詞「て形」時，也會成為「（為了別人著想而施加）給予」的動作。提醒一下，**在「て形」之後的「あげる」的作用並不是在幫該動詞添附方向性，而是添附「接受動作的人應該會感謝」的含義。**

　　舉個例子，「私わたしは田中たなかさんに中国語ちゅうごくごを教おしえる」這句話是「我教田中中文」的意思。若將句子改成本課「て形」接「あげる」的用法變成「私わたしは田中たなかさんに中国語ちゅうごくごを教おしえてあげる」之後，除了原本的「我教田中中文」的意思之外，語義中更添加了「田中會開心、田中應該會感謝我」的涵義在裡面。因此既然「て形＋あげる」的句型有「⋯應該會感謝我」的先入語感存在，這樣的句型當然不可以對客人、老闆等需要尊重的對象直接使用，就算是改成「て形＋あげます」也不行，只能用於家人、朋友等親近的對象而已。不過，若是在跟第三人談話，而提及到接受動作的本人沒聽到的情況下，是沒關係的。

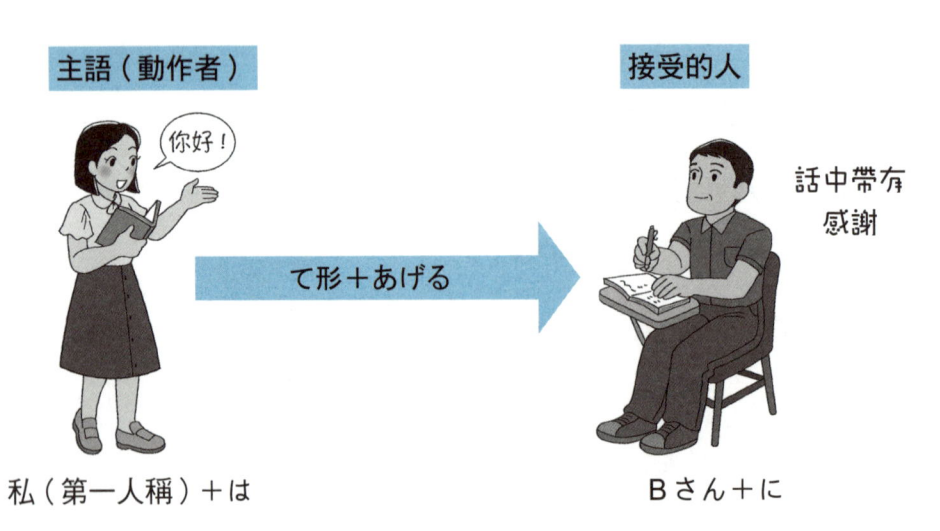

主語（動作者）　　　　　　　接受的人

你好！　　　　　　　　　　　話中帶有感謝

て形＋あげる

私（第一人稱）＋は　　　　　Bさん＋に

還記得「もらう」這個詞是「接收、得到」的基本概念吧！即「從別人那裡接受、收到」的概念，自然的動詞本身具有「從別人到自己」的方向性。因此在搭配「て形」時，便是表示「從別人那裡得到前述動作」的概念。所以使用「て形＋もらう」的句型時跟單用「もらう」時一樣，**主語是一樣接受者，只是從他人那接受東西變成了接受他人的某些動作而已**。因此，在「て形＋もらう」的句型中，是指「得到別人（幫自己）做某動作」，所以「て形」**前接的動詞自然是由他人而非主語人物所做的動作**。

我們舉例用動詞「教ぉしえる（教）」來加強對「て形＋もらう」的理解。先講一個前提，「教ぉしえる」雖然是「教」，但是**不能用在「別人教我」的情況下**，此動詞僅可應用於①我教你、②我教他、③你教他、④他教他、⑤他教你，不能用在第二或第三人稱教第一人稱的時候，所以像「田中先生教我英語」→「田中たなかさん（第三人稱）は私わたし（第一人稱）に英語えいごを教ぉしえた」這句話，意思好像能通，但是用法上就是錯誤的了。那麼，**第一人稱（我）要表示「誰誰誰教了自己」時該怎麼說呢？這時候「て形＋もらう」就派上用場了**。透過句型應用，「田中先生教我英語」的日語可以說成「私わたし（第一人稱）は田中たなかさん（第三人稱）に英語えいごを教ぉしえてもらった」表達，搭配「もらう（もらった）」的時候，「て形」前接動詞的脈絡變成了「從對方的角度來…」的視角進行，即這個句型是利用了「私わたしはもらった（我得到）」配合「田中たなかさんは教ぉしえた（田中教）」的方式完成「他教我」的正確句型（這時候，從田中先生的角度來看的「別人」就是「我」）。當然也別忘了，在應用「もらう」句型中，「～に」是動作的施加者，同時把「教ぉしえた」改成「て形」後，即可以和「もらった」組合應用。

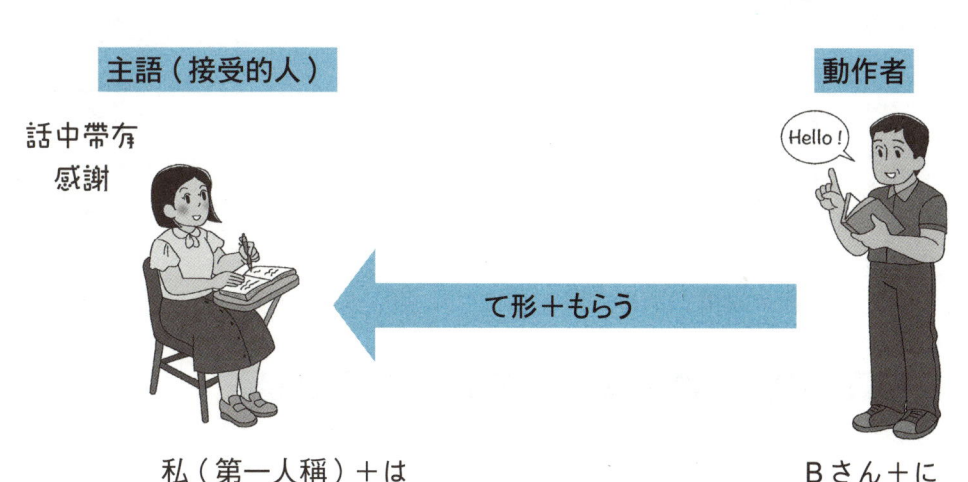

主語（接受的人） 　　　　　　　　　　　動作者

話中帶有
感謝

　　　　　　　　　て形＋もらう

私（第一人稱）＋は　　　　　　　　　Bさん＋に

「見る（看）」和「見せる（給別人看）」等動詞搭配「もらう」後完成的句子也很容易造成學生的混淆。在「私は田中さんに資料を見てもらった（田中先生幫我看資料）」這句話是用在我請田中先生確認我寫的資料上有沒有問題的情況下講的，自然不僅是「田中先生幫話者看了資料，更帶有話者對於田中先生幫忙看資料的感謝之情」。請注意句子中主語雖然是「私（我）」，但施予「見て（看）」動作的人並不是「私」，而是「に」之前的「田中さん」；如果這個句子我們微微地抽換動詞改成「見せる」變成了「私は田中さんに資料を見せてもらった」，意思變成有「田中先生給我看資料（我得到了田中先生讓我看資料），所以我很感謝」的語意在裡面。

　　「くれる」基本概念為「別人給我」，動詞本身帶「從別人對我」的方向性，主語便是進行動作者。因此，在「て形＋くれる」的句子中也一樣，進行「て形」前述動作的動作者亦是主語提到的人。

　　我們再以「田中先生教了我英語」為例，「田中さんは私に英語を教えてくれた」，這句話中也有「田中先生教我英文，因此我很感謝」的語意在裡面。就像「て形＋もらう」一樣，這個句中的「教える」的對象是「從田中先生的角度來看」的「別人」，也就是「我」了。

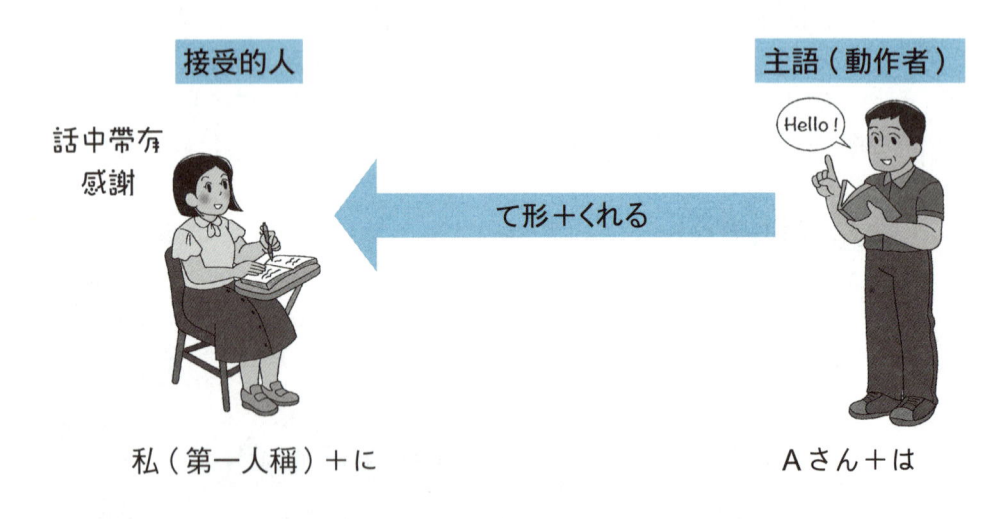

接受的人　　　　　　　　　　　　主語（動作者）

話中帶有感謝　　　　　て形＋くれる　　　　　Hello！

私（第一人稱）＋に　　　　　　　Aさん＋は

※關於「授受表現」的應用說明，請參照㉖授受動詞（一）

📖 跟讀練習

慢速 34-1A.MP3　正常速 34-1B.MP3

授受表現て形＋あげる

私は明日田中さんに中国語を教えてあげる。
我明天會教田中先生中文。

A：結婚記念日に旦那さんに何かしてあげた？
上次的結婚記念日那天，妳有為了妳老公做了些什麼事了嗎？

B：うん。新しいスマホを買ってあげた。
嗯，我買了新的手機給他。

授受表現て形＋もらう

私は田中さんに英語を教えてもらった。　我請田中先生教我英文。

A：誰に車を貸してもらったの？　　你向誰借了車子？
B：父に貸してもらった。　　　　　　我向爸爸借了車子。

授受表現て形＋くれる

田中さんは私に英語を教えてくれた。　田中先生教了我英文。

A：誰が車を貸してくれたの？　　誰借車子給你了？
B：父が貸してくれた。　　　　　　是爸爸借給我的。

📖 文法小提醒

　　當應用「て形＋あげる」的句型時，要注意其助詞的部分。以「手伝う（幫助）」為例，助詞在使用上都是「を」，會如後述兩者一樣：「對象＋を」或「(對象＋の)事情＋を」。

私は山田さんを手伝ってあげた。　　　我幫忙山田先生。
私は山田さんの仕事を手伝ってあげた。　我幫助山田先生的工作。

　　假如我們要表示「我幫鈴木先生拿著行李」，這個情況動作觸及到的不是「鈴木先生」，而是「鈴木先生的行李」。因此，正確的日文為「私わたしは鈴木すずきさんの荷物にもつを持もってあげた」。

私は鈴木さんの荷物を持ってあげました。
我幫忙拿鈴木先生拿他的行李。

　　我們知道了使用「て形＋くれる」使用助詞「に」時，一般指的是接受前述動詞的對象。不過，當他人幫自己做的動作是觸及到與主語相關之有形或抽象的事物時，也就不是每個句子都一定要有「に」了。舉例來說：

鈴木さんは私の荷物を持ってくれた。　　鈴木先生幫我拿我的行李。
山田さんは私（の引っ越し）を手伝ってくれた。
山田先生幫忙我（的搬家）。
彼は私の話を聞いて、一緒に泣いてくれた。
他聽我的話，跟了我一起哭。
友達は私のために怒ってくれた。
朋友為了我生氣。

　　上述四個例句中，第一個句子「荷物にもつを持もってくれた（幫我拿我的行李）」，關鍵的部分是「在別人協助前提下，拿的動作是觸及到主語的行李」；第二句「私わたし（の引ひっ越こし）を手伝てつだってくれた。（幫忙我（的搬家））」，關鍵在於「幫了我，但有一個省略掉沒有講出來「（の引ひっ越こし）」，這部分也是與主語相關的事物；第三句「私わたしの話はなしを聞きいて、一緒いっしょに泣ないてくれた。（聽我的話，跟我一起哭。）」，這句的關鍵在於「他跟我一起哭（＝他理解我的心情而同情）」，由於他這個動作，主語的人才會感謝，故也是觸及到與主語相關的事物。另外要注意的是，而這個句中的「に」前面是「一緒いっしょ（一起）」，所以是修飾副詞用的，並不是指接受動作的對象；最後的「私わたしのために怒おこってくれた。（為了我

生氣）」也是別人因為感同身受主語的事而生氣，只不過這裡的「に」是另一個文法「ために（為了）」的意思。

　　在「て形＋もらう」的句型中，動作對象與「て形＋あげる」、「て形＋くれる」不一樣，句中**助詞「に」的人物在這時候不是接受動作的對象，而是動作的施予者**。這部分在正文中已經清楚說明，下面簡單看一下例句：

私わたしは鈴木すずきさんに荷物にもつを持もってもらった。　　我請鈴木先生拿行李。

私わたしは山田やまださんに（引ひっ越こしを）手伝てつだってもらった。
我請山田先生幫忙我（的搬家）。

私わたしは鈴木すずきさんにここにいてもらった。　　我請鈴木先生在這裡。

　　在上面的例句中，「に」之前，不論是鈴木先生還是山口先生，都是動作的施予者。

📖 進階跟讀挑戰

慢速分段　慢速連續　正常速連續
34-2A.MP3　34-2B.MP3　34-2C.MP3

❶ A：お姉ねえさんの誕生日たんじょうびに何なにかしてあげるの？
　　B：うん、人気にんきの歌手かしゅのコンサートに連つれて行いってあげる。

姊姊生日那天，你要為她做些什麼嗎？

有，我要帶她去知名歌手的演唱會。

❷ 私わたしは山田やまださんの宿題しゅくだいを見みてあげた。

我幫山田先生看他的作業。

❸ 私わたしは山田やまださんに宿題しゅくだいを見みてもらった。
　　＝山田やまださんは私わたしの宿題しゅくだいを見みてくれた。

我請山田先生幫我看（確認）我的作業。
山田先生幫我看（確認）我的作業。

❹ A：誰に写真を見せてあげたの？ 你給誰看了照片？
　B：山田さんに見せてあげたよ。 我給山田先生看了。

❺ A：一人でこの棚を作ったの？ 你一個人製作了這個架子嗎？
　B：ううん。友達に来てもらって、 不，我是請朋友過來，請他幫我一起做。
　　一緒に作ってもらった。
　　＝ううん。友達が来てくれて、 不，朋友過來，他幫我一起做。
　　一緒に作ってくれた。

35 名詞化

　　日語有幾種名詞化的方式，本單元要講「辭書形＋こと」這種動詞名詞化的文法。在日語中，「こと」代表「事、事情」的概念，因此**只要將動詞辭書形後面加「こと」，自然就能達到「名詞化」的效用**。

　　「辭書形＋こと」的名詞化主要是應用在以下兩種句型之中（本單元說明的屬於N5文法範圍）。第一種是最基礎的「AはBです」，而「辭書形＋こと」會在B的位置上。舉例來說，當我們表達「私わたしの趣味しゅみは映画えいがを見みることです（我的興趣是看電影）」這句話時，在日語的結構中，必須透過普通形的「…だ」或禮貌形的「…です」才能表達出中文「是…」的意思。既然是「是看電影」，所以「看電影」的部分就必須以「見る＋こと」來完成名詞化，在日文中的文法應用才能正確。（…ことだ、…ことです → √；…見るです、…見るだ →（未名詞化）×）

　　如果這個句子我們不名詞化，直接以動詞結尾成「私わたしの趣味しゅみは映画えいがを見みます」來表達的話，硬翻成中文的意思就是「我的興趣看電影」了，中文聽起來也怪怪的吧？雖然猜得出來這句話想說什麼，但文法上明確地就錯誤了。

　　此外，**如果是第三類動詞的話，就不一定得用「辭書形＋こと」的方式表達**。我們以「料理りょうり（を）する」為例，我們依前述的文法公式造句的話句子會是「私わたしの趣味しゅみは料理りょうりをすることだ（我的興趣是烹調）」，但是由於「料理りょうり（を）する」的句型本身是透過「（を）する」使其成為動詞化，所以反過來想，**只要去除掉「（を）する」就順利回到名詞**了。因此「私わたしの趣味しゅみは料理りょうりだ」，則能與「私わたしの趣味しゅみは料理りょうりをすることだ」一樣，達到相同的表達效果。

　　但要注意的是，在輕鬆的聊天場合下，非過去肯定形的名詞句結尾的「だ」會被刪掉（→「私わたしの趣味しゅみは料理りょうり」）。動詞名詞化的句子也是如此（→「私わたしの趣味しゅみは料理りょうりをすること」）。

※關於「名詞化」的應用說明，請參照⑩名詞、形容詞：問句（普通形）

第二種是**搭配「できる（會、能、可以）」的用法**。以「我會開車」的日語來說，「私わたしは車くるまの運転うんてんができる」、「私わたしは車くるまを運転うんてんすることができる」、「私わたしは車くるまの運転うんてんをすることができる」這三個句子來說都通，簡單分析如後，第一句是把「運転うんてん」當作一個名詞的句子；第二句是將「運転うんてんする」給名詞化；第三句則是把名詞「運転うんてん」和動詞「する」給分開使用的用法。

　　此外，日語的「できる」不僅能應用在能力、技術方面的表達，也常見使用於許可、設備、機器功能等表達上使用。例如，「私わたしは泳およぐことができる」，在這個句子中「泳およぐ」是屬於「能力、技術」的表達，因為主語是「我」，所以句子自然是用表達自己具備游泳的能力；另外，假設有一片海灘只有在夏季時開放玩水，當地的立了一個告示牌，上面寫著「7月しちがっから9月くがつまで泳およぐことができます」，因為它有標示能游泳的期間，所以這個句子中的「できます」表示的則是許可，並非能力喔！

📖 跟讀練習

慢速　　正常速
35-1A.MP3　35-1B.MP3

辭書形＋こと（です）

私の趣味は料理だ。　　　　　　　　我的興趣是烹調。
＝私の趣味は料理を<u>作ること</u>だ。
私の趣味は映画を<u>見ること</u>です。　　我興趣是看電影。

A：趣味は何？　　　　　　　　　　你的興趣是什麼？
B：走ることと写真を<u>撮ること</u>。　　跑步和拍照。

辭書形＋ことができる

私は料理ができる。　　　　　　　　我會烹調。
＝私は料理を作る<u>ことができる</u>。

私は25メートル泳ぐことができます。　　　我能游二十五公尺。

この海水浴場で7月から9月まで泳ぐことができます。
這座海水浴場的7月到9月可以游泳。（＝這座海水浴場從7月到9月開放游泳）

A：このパソコンでDVDを見ることができる？
　　用這台電腦可以看DVD嗎？

B：ううん、できない。　　　　　　　　不，沒辦法看。

📖 文法小提醒

在學習的過程中，我們往往會把日語的「できる（できます）」因為其代表能力的意義，而理解成中文「能、會」的意思，**但並不代表其什麼情況的「會」都能使用**。例如，中文說「明天會下雨」時，這個短句裡的「會」指的是一個未來的可能性，但是日語的「できる」則不具有這個含義，所以「明日は雨ができる（×）」和「明日は雨が降ることができる（×）」這兩個表現都是錯誤的，無法成立喔！

當日語要表示未來可能性的時候，最基本的方法就是把句子搭配「きっと」或「たぶん」這兩個副詞。其中「きっと」表示的機率又更高，後面直接搭配有可能的內容即可。

明日はきっと雨が降る。　　　　　　　明天一定會下雨。

A：山田さんは再来週のパーティーに来る？
　　山田先生會來下下個星期的派對嗎？

B：楽しみだと言っていたから、きっと来るよ。
　　因為他說相當期待，所以一定會來的。

「たぶん」在表示可能性時，機率那沒那麼高，最多也就50%的把握。因此，日本人對自己的意見沒有自信的時候，常常使用「たぶん」來修飾。

A：体の調子はどう？　　　　　你身體狀況如何？
B：薬を飲んだから、たぶん明日は良くなっていると思う。
因為我吃了藥，大概明天會痊癒吧！。

あまり勉強しなかったけど、たぶん今回の試験は合格できると思う。
雖然我沒有很努力念書，但是我想這次的考試我應該能通過吧！

📖 進階跟讀挑戰

慢速分段 35-2A.MP3　慢速連續 35-2B.MP3　正常速連續 35-2C.MP3

❶ 田中さんの趣味はギターを弾くことだ。　　田中先生的興趣是彈吉他。

❷ 私の趣味は歌うことだが、歌はあまり上手ではない。
雖然我的興趣是唱歌，但是沒有唱得那麼好。

❸ A：この棚、少し壊れているね。直すことができる？
這個架子有點壞掉了耶！你會修理嗎？
B：うん、できるよ。
我會喲！

❹ 鈴木さんは英語があまりできないが、よく海外へ旅行に行く。
鈴木先生雖然不太會講英文，但是常常去海外旅遊。

❺ 猫が私の膝の上で寝ているから、動くことができない。
因為貓咪睡在我的腿上，所以我現在不能動。

❻ 社員証がない人はこのビルに入ることができない。
沒有帶員工證的人不能進入這座大樓。

❼ A：この荷物は重い？
這個行李很重嗎？
B：軽いから一人で持つことができるよ。
因為很輕，我可以一個人拿。

36 順序（二）

除了「㉜順序（一）」用「て形」來表示敘述的順序之外，本單元要介紹另一個用「A＋前まえにB」的表達順序的句型。在這個句型中，我們會把A的位置放上動詞辭書形，這樣子就能表示出「在進行A之前，先B（先做B，然後再做A）」的順序句型。

我們先回想一下，辭書形的基本概念是非過去的肯定形，所以動態性的動詞，一般來說就能夠以「要做…、開始做…」的中文意義去理解。但是在這個句型中，**即使是描述過去的情況，「前まえに」前面A位置的動詞仍然必須使用辭書形，只有B位置的動詞才會有時態的變化**。例如：「私わたしは毎日まいにち寝ねる前まえに歯はを磨みがく（我每天都會在就寢前刷牙）」和「私わたしは昨日きのう寝ねる前まえに歯はを磨みがいた（我昨天在就寢前刷了牙。）」（私は昨日寝た前に歯を磨いた。→（×）），前者敘述常態性的事情、後者敘述昨日發生（已過去）的事情，兩句時態不同，所以B位置的動詞就分別會變成「磨みがく（刷牙）」和「磨みがいた（刷了牙）」兩種，但A位置的動詞「寝ねる（就寢）」是當下未完成、進行的事項，所以只能用辭書形。簡單總結一下，**在「A＋前にB」這個句型之下，不論B位置的動詞是未發生還是已發生，都會是先做B的動作，然後再做A的動作喔！**

若要將「A＋前にB」句型中的A置換成名詞，就要改用「A（名詞）＋の＋前まえに」的句型表現，例如：「会議かいぎの前まえに（開會之前）」、「試験しけんの前まえに（考試之前）」…等等，也可以搭配特別的時間點，例如：「クリスマスの前まえに（聖誕節之前）」、「バレンタインデーの前まえに（情人節之前）」。非特別的日期時段，通常不會搭配「～の前まえに」，以「到下個星期三之前寫好資料」這一句為例，其日語並不是「来週の水曜日の前に資料を書く→（×）」，而是「来週らいしゅうの水曜日すいようびまでに資料しりょうを書かく」才正確。

※關於「までに」的應用說明，請參照⑬動詞：～する的文法小提醒

此外，想要描述那是多久以前的事時，只要將「期間＋前まえに」即可。不過雖然表示期間的詞分類為名詞，但是在接續「前まえに」時並不需要加

「の」。例如:「一個月前」的日語為「1ヶ月いっかげつ前まえに」,「三天前」的日語則是「3日みっか前まえに」。

📖 跟讀練習

慢速 36-1A.MP3　正常速 36-1B.MP3

(動詞辭書形)前にB

毎晩寝る前に歯を磨く。　　　　　　　　　　我每天就寢前會先刷牙。

手が汚れているから、ご飯を食べる前に手を洗う。
因為我的手很髒,所以在吃飯前要先洗手。

A：いつ図書館へ行った？
　　你什麼時候去過圖書館的？
B：昨日友達と映画を見る前に行った。
　　昨天和朋友在去看電影之前去過的。

(名詞)の前にB

会議の前に、資料をコピーする。　　　　開會之前先影印資料。
＝会議をする前に、資料をコピーする。
田中さんはいつも授業の前に、予習する。
＝田中さんはいつも授業をする前に、予習する。
田中同學在每次開始上課之前,會先預習。

クリスマスの前に、プレゼントを買いに行く。
我會在聖誕節之前去買禮物。

A：日本ではお正月の前にどんなことをする？
　　在日本,在新年之前會先做什麼？
B：大掃除をするよ。　　　　　　　　　　會先大打掃。

期間＋前に

1年前に東京へ行った。　　　　　　　　我一年前去過東京。
田中さんは30分前に家を出た。　　　　半小時前田中先生從家裡出發。

A：いつ日本語の勉強を始めましたか。
　　你什麼時候開始學習日語的？
B：2ヶ月前に始めました。　　　　　　從兩個月前開始學的。

📖 文法小提醒

「（辭書形）A前まえにB」與先前提過「て形（＋から）」的句型都可以代表動作的順序，但在應用上句型裡A與B的順序會不同。舉例來說，本課提到的「寝ねる前まえに歯はを磨みがく（就寢之前會先刷牙）」和透過「て形」順序的句子「歯はを磨みがいて（から）寝ねる（刷牙之後便就寢）」，其表達出的最後意思是相同的，只是表示時的順序不一樣而已。

寝る前に歯を磨く。　　　　　　　　　我在就寢前刷牙。
＝歯を磨いて（から）寝る。　　　　　我先刷牙之後再就寢。

私は明日学校へ行く前に、コンビニでお弁当を買う。
明天我去學校之前，會先去便利商店買個便當。
＝私は明日コンビニでお弁当を買って（から）、学校へ行く。
明天我會先去便利商店買了便當之後再去學校。

然而上述這兩個意義相同的句型中，**使用「て形（＋から）」時則不能在後面搭配名詞**。以「会議かいぎの前まえに資料しりょうをコピーする」為例，這句話就不能改成「資料をコピーして（から）会議だ→（×）」，不過把「会議かいぎ」改成動詞「会議かいぎ（を）する」變成「資料しりょうをコピーして（から）会議かいぎ（を）する」（變成句尾動詞化）的話就行。

此外，改成「動作＋に＋行く」等搭配動詞的說法，也可以替換成「て形（＋から）」的句子。

若是表示特定時間點之前的動作，使用「て形（＋から）」則會變成錯誤句型。例如「バレンタインデーの前にチョコレートを準備する（在情人節之前先準備巧克力）」就不能替換成「チョコレートを準備して（から）バレンタインデーだ（巧克力準備之後情人節→×）」。

会議の前に、資料をコピーする。　　開會之前先影印資料。
＝資料をコピーして（から）、会議（を）する。
先影印資料之後，然後才開會。
《×》資料をコピーして（から）会議だ。

旅行の前に、ホテルを予約する。　　去旅遊之前，先訂飯店。
＝ホテルを予約して（から）、旅行に行く。
先訂飯店之後，再去旅遊。

バレンタインデーの前に、チョコレートを準備する。
在情人節之前先準備巧克力。
《×》チョコレートを準備して（から）、バレンタインデーだ。

若是「期間＋前に」的句型，則可與「て形（＋から）」互換使用。例如：「1ヶ月前にピアノの練習を始めた。」，也可以替換成「ピアノの練習を始めて（から）1ヶ月だ。」，這兩句最終都是「開始練鋼琴之後，過了一個月」的意思。

1ヶ月前にピアノの練習を始めた。　　我一個月前開始練鋼琴。
＝ピアノの練習を始めて（から）1ヶ月だ。
我開始練鋼琴之後，過了一個月。

私は3年前に日本に来た。　　　　　　　我三年前來到日本。
＝私は日本に来て（から）、3年だ。　　我來日本已經三年了。

📖 進階跟讀挑戰

慢速分段 36-2A.MP3
慢速連續 36-2B.MP3
正常速連續 36-2C.MP3

❶ 出かける前に、エアコンを切って窓を閉める。

我在出門前會先關空調，然後再關窗戶。

❷ 夫に車で駅まで迎えに来てもらうので、会社を出る前に夫に連絡をした。

因為我請我老婆開車來到車站接我，所以我離開公司前有先跟老婆聯絡。

❸ A：これから友達とカラオケに行くよ。
　 B：遊びに行く前に宿題は？
　 A：もうやったよ。

我現在要跟朋友去卡拉OK喲。
你去唱歌之前是不是應該先把作業寫好？
我已經寫好了喲。

❹ 買い物の前にメモを書かなかったから、必要な食材が分からない。

因為去買東西之前沒有先拿便條紙把要買的東西記下來，所以不知道要買哪些必備的食材。

❺ A：部長、この資料はいつお客さんに送りますか。
　 B：今度の連休の前に送って。

經理，這份資料什麼時候要寄給客人呢？
請你在下次的連假之前寄給他。

❻ 私は3ヶ月前に大学を卒業して、2ヶ月前から京都で働いている。

我三個月前大學畢業了，然後兩個月前開始在京都上班。

❼ A：いつ今の会社に入ったの？
　 B：半年前に入った。

你是什麼時候到現在的公司的？
我是半年前到職的。

37 經驗

　　用日語表示「過去的經驗及經歷」的文法是「た形＋ことがある」。句型中，「た形」代表過去肯定形的概念，再前接有名詞化作用的「こと」，讓前述的動作先變成一組名詞，接著再與後接「具有」或「存在」意義的「ある」後，就可以表示「曾經做過…」的意思。

　　不過我們要把過往學過的以「た形」及禮貌形「～ました」句尾的句子拿出來和本單元的「た形＋ことがある」做個比較，並說明差別在哪。我們來看下面兩個例句：

1) 私(わたし)は日本(にほん)へ行(い)った。
2) 私(わたし)は日本(にほん)へ行(い)ったことがある。

　　上述的兩個例句中，1)是「た形」的句子，2)則是本單元表述過去經驗的句子，這兩者用中文來理解都可以是「我有去過日本」。但是，從日本人以母語的直覺來看，「私(わたし)は日本(にほん)へ行(い)った。」這個例句還不夠完整，因為從句子中看不出來「我去過」的時間點是過去的哪個時候，所以要如果要把具有過往經驗的語意也翻譯出來的話，可能就要說成「我那時候去過日本」，但「那時候」是什麼時候？這可能不聽前後文就搞不清楚了。

　　相對而言，「私(わたし)は日本(にほん)へ行(い)ったことがある」的意思本來就是詮釋過去的經驗。所以即使沒有看到具體時間點也不奇怪，因為這個文法本來就沒有一定要顯示具體的時間點。提醒一下，「た形＋ことがある」的句子**通常是描述「經過時間較久」的事項**。因此，如果用「た形＋ことがある」這個句型去描述剛才、昨天、上個星期等才剛沒過很久的事情內容的話，就會產生「有點怪怪」的違和感喲！

📖 跟讀練習

慢速 37-1A.MP3　正常速 37-1B.MP3

表示過去的經驗

私は寿司を食べたことがある。　　我有吃過壽司。
田中さんは台北に住んだことがある。　　田中先生有住過台北。
鈴木さんはアメリカ人と付き合ったことがある。
鈴木先生有和美國人交往過。

A：富士山に登ったことがある？　　你有爬過富士山嗎？
B1：うん、ある。　　有，我有爬過。
B2：ううん、ない。　　沒有，我沒爬過。

A：今までどんな仕事をしたことがありますか。
　　你曾經做過哪些工作？
B：私はコールセンターや営業の仕事をしたことがあります。
　　我有做過客服中心和業務等工作經驗。

《○》私は子供の時日本へ行ったことがあります。
　　我曾在小的時候有去過日本。
《×》私は昨日日本へ行ったことがあります。
　　我曾在昨天有去過日本。

📖 文法小提醒

「た形＋ことがある」是表示「過去（以往）的經驗及經歷」的常用句型，因為使用的頻率很高，請務必熟記。但在熟記之餘，仍有一個小細節必須留意，就是當句型中的「た形」變成「辭書形」（「辭書形＋ことがある」）

時，意義就完全不同了。

　　「辭書形＋ことがある」是用來表達不定期會做前述的動作，也就是「偶爾會做…」的意思。使用這個句型時，通常是描述偶爾做出一個具體的情事，例如說：工作上的事情、自己安排的計畫、有朋友的互動、有人找我一起做某事等背景。

　　我們很快來比較一下，以「テレビに出る（上電視節目）」這件事為例，「テレビに出たことがある」表示「曾經有上過電視節目」的經驗，而「テレビに出ることがある」則是話者表示「偶爾會去上電視節目」。

私はテレビに出たことがある。　　　　我有上過電視節目。
私はテレビに出ることがある。　　　　我偶爾會上電視節目。

　　「辭書形＋ことがある」這個句型還可以搭配表示頻率的詞。最常見的搭配方式如後：如果是與「ときどき（有時）、たまに（偶爾）」這種等表示機率比較低的詞彙時，置於「辭書形＋ことがある」的前面即可；但是，如果是搭配「よく（常常）」等表示機率比較高的詞，則置於「ある」的前面，就是「辭書形＋ことが」和「ある」的中間。

田中さんはときどき約束の時間に遅れることがある。
田中先生有時會在約好後又遲到。

私は仕事で外国の人と話すことがよくある。
我工作的時候，常常有機會要和外國人講話。

📖 進階跟讀挑戰

慢速分段 37-2A.MP3　　慢速連續 37-2B.MP3　　正常速連續 37-2C.MP3

❶ 私は1ヶ月ヨーロッパでバックパック旅行をしたことがある。　　我曾經當過背包客到歐洲去旅行一個月。

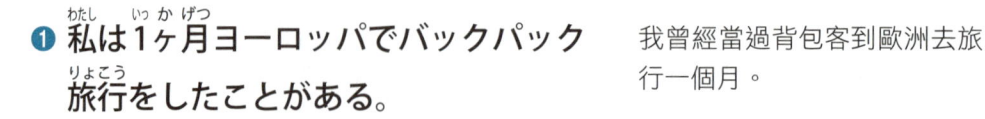

❷ 田中さんはアメリカへ留学したことがあるので、英語がとても上手だ。

因為田中先生曾去美國留學過，所以他的英文講得非常好。

❸ A：スキーをしたことがある？
　B：スキーはないけど、スノーボードはしたことがあるよ。

你有滑過雪嗎？（你有玩過雙板滑雪嗎？）

雖然我沒有滑過雪，但是我有玩過雪地滑板（單板滑雪）。

❹ A：何かペットを飼ったことがある？
　B：うん。猫を飼ったことがある。

你曾經養過什麼寵物嗎？

有，我有養過貓。

❶ 初級文法基礎篇
❷ 初級文法延伸篇
❸ 進階文法基礎篇
❹ 進階文法延伸篇

38 列舉

　　在日語的文法中，表示列舉的方式，名詞及動詞的應用法不一樣，本單元會詳細介紹。

　　首先，名詞的列舉以「…や…（など）」的句型表現，「や」等於中文的「的、或」，而「など」有「…等等」的意思，自然「AやB（など）」就是「A和B等等」的意思。**在這個句型的列舉中，除了A與B的人、事、物之外，還暗示著會有C等更多東西的含意存在。**

　　「や」在此句型中不光是當作「或」來用，也可以當作是「和」來想，那跟「と」有什麼不一樣呢？簡單來說，「AやB」與「AとB」的差別在於用「と」時表示「只有A、B這兩樣東西」，不會有C以上的東西存在。此外，如果列舉時也可以單獨只舉出一項例舉，其句型則直接以「Aなど」的方式表達即可。

　　接著是說明動詞的列舉方式。**動詞不論是第一類、第二類、還是第三類，都必須要用「た形＋り（た形＋り…）する」的句型來表達列舉的人、事、物**，在日語的習慣中，通常會列舉出兩到三個動作。我們來看下面的句子：

来週私は病院へ行ったり、家族に荷物を送ったりする。
らいしゅうわたし　びょういん　い　　　　かぞく　にもつ　おく
下個星期我要去醫院，還有要寄送行李給家人等。

　　從上方的例句中得以看出，「行く」依「た形＋り」的規則變成了「行ったり」，而「送る」也同理變成了「送ったり」以完成表達動詞列舉的目的，並且要在最後一個列舉的後方再加上「する」使列舉的動作更趨於完整。那麼我們再加強一下觀念，如果是把「掃除そうじする、掃除そうじをする（打掃）」和「洗濯せんたくする、洗濯せんたくをする（洗衣服）」這兩組詞分別結合在一起的話，那列舉時就會變成「掃除そうじ（を）したり、洗濯せんたく（を）したりする」。

列舉這項文法能表達出「至少有列舉動作之以外的多項動作存在的可能性」，所以**即使只有舉出一項動作，就不會是只有指列舉的該項動作而已**，看個例子，在與他人談到下個星期的預定行程時，可能當下只想到「要去醫院」，便可以用「病院(びょういん)へ行(い)く」表達，但除此之外確定還有別的事情要做時，也可以用只列舉單項的「来週(らいしゅう)は病院(びょうき)へ行(い)ったりする」表達，這時候當然就已經把「去醫院」之外的事情也暗示了出來。

此外，如果需要進行時態變化，或搭配其他文法時，需要變化的是句尾的「する」。我們詳細地看一下，當描述的是過去形時為「た形＋り（た形＋り…）した」；如果描述的是「想要做…」時，就會變成「た形＋り（た形＋り…）したい」；如果搭配現在進行的「て形＋いる」，就變成「た形＋り（た形＋り…）して＋いる」…等等。最後簡單提醒，**然而不管怎麼變，「た形＋り」的部分都會是固定的**。

📖 跟讀練習

慢速 38-1A.MP3　　正常速 38-1B.MP3

表示列舉名詞

かばんの中(なか)に本(ほん)や財布(さいふ)（など）が入(はい)っている。
在包包裡有書和錢包等東西。

先月(せんげつ)は服(ふく)や靴(くつ)やピアス（など）を買(か)った。
上個月我買了衣服、鞋子、耳環等東西。

私(わたし)は朝(あさ)、コーヒーなどを飲(の)む。　　我早上會喝咖啡等飲料。

A：昨日(きのう)の交流会(こうりゅうかい)に誰(だれ)が来(き)た？　　誰來了昨天的交流會？
B：田中(たなか)さんや王(おう)さんが来(き)たよ。　　田中先生和王先生來了。

表示列舉動詞

来週(らいしゅう)私(わたし)は病院(びょういん)へ行(い)ったり、家族(かぞく)に荷物(にもつ)を送(おく)ったりする。
下個星期我去醫院，還有要給家人寄行李。

昨日は映画館で映画を見たり、買い物したり、日本語を勉強したりした。
昨天我在電影院看電影、去買東西、還有學了日語。

休みの日はいつも家でテレビを見たり、音楽を聞いたりしている。
假日我通常在家看看電視或聽聽音樂。

A：夏休みは何をしたい？　　　　你暑假時想做什麼？
B：キャンプをしたり、花火大会に行ったり、海で泳いだりしたい。
我想要去露營，也想去煙火大會，還有想去海邊游泳。

📖 文法小提醒

在「た形＋り、た形＋り＋する」的句子中，**如果兩個「た形＋り」的內容表示相反的情況，便可以表達「會有各種不同情況（有時這樣、有時那樣）」的概念**。這時候，在「た形＋り」所使用的「た形」則可以替換成形容詞或名詞的過去形，甚至於是肯定形或否定形都可以。

動詞

今日は雨が降ったりやんだりしている。
今天斷斷續續地下著雨。

A：鈴木さんはいつも試合に勝つの？　鈴木先生每次在比賽都會贏嗎？
B：買ったり負けたりするよ。　　　　他有時會贏有時候會輸。

鈴木さんは飲み会に来たり来なかったりする。
鈴木先生不一定會來聚餐，偶爾會來，偶爾不來。

い形容詞

最近は暑かったり寒かったりするので、服を選ぶのが難しい。

因為最近天氣會一下子很熱，一下子又很冷，所以我很難選要穿的衣服。

あの学生は集中力がないので、試験の成績が良かったり良くなかったりする。

因為那個學生集中力不足，考試的成績偶爾會很好，偶爾不好。

な形容詞

あの店の商品はいろいろな種類があるが、便利だったり不便だったりする。

那家商店雖然有各種商品，有些是使用上便利的，有些是用起來不便利的。

あの先生の試験は簡単だったり簡単じゃなかったりする。

那個老師的考試有很簡單的，也有不簡單的。

名詞

今週は雨だったり晴れだったりするので、洗濯ができない日もある。

因為這個星期的天氣有時會下雨，有時候又放晴，所以不是每天都是合適洗衣服的日子。

田中さんのお店は有名な観光地にあるので、お客さんは日本人だったり、日本人じゃなかったりする。

因為田中先生的商店位於知名的觀光景點處，所以客人不僅有日本人，也有外國人。

📖 進階跟讀挑戰

慢速分段 38-2A.MP3　慢速連續 38-2B.MP3　正常速連續 38-2C.MP3

❶ 私は親や先生に相談して、留学することを決めた。

我透過跟父母、老師的討論，決定了要去留學。

❷ A：去年の連休はどこへ行った？
B：家族で美術館や水族館や遊園地へ行った。

去年的連假你去了哪裡了呢？

我和家人去美術館、海洋公園和遊樂園。

❸ 出張の前に、資料の準備やホテルの予約をする必要がある。

去出差之前有準備資料和訂飯店的必要。

❹ 鈴木さんは優しいので、いつも仕事を手伝ったり、飲み物を奢ったりしてくれる。

鈴木先生很親切，所以總是會幫忙我的工作，還請我喝飲料。

❺ 兄は運動が得意だから、泳いだり、スノーボードをしたりすることができる。

我哥哥的運動能力很好，不論是游泳還是單板滑雪他都會。

❻ A：私は外に出るのが好きじゃないので、いつも家で勉強している。
B：それもいいけど、外へ出ていろいろな景色を見たり、人と話したりすることも大切だよ。

因為我不喜歡出門，所以總是在家裡學習。

這樣雖然也好，但是出門多看看風景或與他人聊天等也是很重要的。

39 順序（三）

先前有提到，除了㉜講的「て形（＋から）」及㊱課講的「〜前まえに」這兩種敘述動作順序的文法之外，還有「**A後あとでB（A之後，B）**」這項的文法，一樣能表示順序。

使用此文法時，**A的位置必須使用動詞的「た形」**，例如說，當我們要表達出「刷牙之後就寢」這句話時，日語就可以用「歯はを磨みがいた後あとで寝ねる」的方式表達。因為「た形」的基本概念是「過去、完成」之意，所以「た形＋後あとで」這個句子的涵義即為「完成…之後，…」的意思。

如果「A後あとでB」句型中的A使用的是第三類的動詞的話，那可以有兩種表達方式。首先一樣是保持動詞用法，Ⓐ以「た形＋後あとで」的句型呈現，接著也可以用Ⓑ「名詞＋の＋後あとで」的方式表示。馬上來看實例，如果我們要想要說「去慢跑之後洗澡」的話，這時候可以用：

Ⓐジョギングをした後あとでシャワーを浴あびる。（保持動詞た形＋後で）
Ⓑジョギングの後あとでシャワーを浴あびる。（變成名詞＋の＋後で）

兩者的意義表現殊途同歸，且這兩個動作順序的句子也都可以跟「て形（＋から）」或「〜前まえに」這兩種句型互換使用。

要注意的是，「**名詞＋の＋後あとで**」很少應用於「**特定的時間點之後」的表達**。例如，如果要用日語說「聖誕節過後便開始跨年的準備」，比較自然的表現是「クリスマスが終おわってから新年しんねんの準備じゅんびをする」等說法。發現了嗎？這個句子裡甚至於沒有本課提到的文法「名詞＋の＋後あとで」，因為這時候如果硬要說成「クリスマスの後あとで新年しんねんの準備じゅんびをする。→（△）」的話，雖然在文法上沒有錯，但是在日籍母語人士的耳中，是一種很少聽到的說法喔！

還有一種表達情況請再留意一點，如果是要表達「一段期間之後」的相關資訊時，則必須接續另一個與「〜後あとで」看起來很相像的「〜後に」，而不是「〜後あとで」了，而且再次強調，**這時候句型裡的「後」的發音是**

「ご」而不是「あと」！雖然表示「期間」的詞分類為名詞，但在這種句型中，**後面不需要加「の」，只要直接接上「後ごに」即可**。例如，要表達「一個星期後要去日本」時，日語是「1週間後いっしゅうかんごに日本にほんへ行いく」而不是「1週間の後に日本へ行く→（×）」喲！

📖 跟讀練習

慢速 39-1A.MP3　正常速 39-1B.MP3

以「た形＋後で」表達順序

歯はを磨みいた後あとで寝ねる。　　　　　我刷牙之後就寢。
＝歯はを磨みいて（から）寝ねる。　　　我先刷牙，然後就寢。
＝寝ねる前まえに歯はを磨みく。　　　　　我在睡覺前刷牙。

A：いつ鈴木すずきさんとご飯はんを食たべに行いく？
　　你什麼時候和鈴木先生去吃飯呢？
B：明日あした家うちで日本語にほんごを勉強べんきょうした後あとでご飯はんを食たべに行いく。
　　明天我會在家學習日語後去吃飯。

A：昨日きのう何なにをしましたか？　　　昨天你做了什麼呢？
B：学校がっこうへ行いった後あとで郵便局ゆうびんきょくへ行いきました。
　　昨天我去了學校之後，又去了趟郵局。

以「名詞＋の＋後で」表達順序

私わたしは毎朝まいあさ、ジョギングの後あとでシャワーを浴あびる。
我每天早上慢跑後洗澡。
＝私わたしは毎朝まいあさ、ジョギングをして（から）シャワーを浴あびる。
我每天早上去慢跑後洗澡。
＝私わたしは毎朝まいあさ、シャワーを浴あびる前まえにジョギングをする。
我每天早上會在洗澡前，先去慢跑。

A：いつ新年の準備をする？　　　　　你什麼時候準備跨年？
B：《△》クリスマスの後で準備する。　要在聖誕節之後準備。
B：《○》クリスマスが終わってから準備する。
　　聖誕節結束之後，就會開始準備。

以「期間＋後に」表達順序

部長は1週間後に日本へ行きます。　　部長一個星期後要去日本。
《×》部長は1週間の後で日本へ行きます。
息子は2年後に大学を卒業する。　　　我的兒子兩年後大學畢業。

A：いつこの荷物を送る？　　　　　　你什麼時候會寄這件行李？
B：3日後に送るよ。　　　　　　　　會在三天後寄出。

📖 文法小提醒

日文漢字「後」的讀音，除了「あと」和「ご」以外，還有書面語的「のち」。「た形＋後あとで」此一文法也可以替換成書面語的表現，只要改成「た形＋後のち（に）」就行了。

上の者に確認をした後（に）、メールでご連絡します。
　我跟上司確認之後，會用電子郵件跟您聯絡。

A：今度の展示会の通訳の募集はいつ始めましょうか。
　該在什麼時候開始徵求下次展覽會的口譯人員呢？
B：展示会に参加の申込みをした後（に）、募集を始めてください。
　報名展覽會之後請開始徵求人員！

當以「名詞＋の＋後あとで」轉換成書面語時，一樣可以變成「名詞＋の＋後のち（に）」，但是要注意「期間＋後ごに」此一用法通常就不能轉換成「～後のち（に）」，否則會變成錯誤。不過，如果將表示事情的名詞與表示期間詞彙搭配成「期間＋の＋名詞＋の＋後あとで」的話，這樣就是正確的文法表達，相對的最後的「後あとで」改成「後のち（に）」（變成「期間＋の＋名詞＋の＋後のち（に）」）的話，也就是正確的文法。

お客様との会食の後（に）、午後１時半から会議に出席する。
我和客人聚餐之後，會從下午一點半開始出席會議。

A：いつこの資料を新入社員に渡しますか。
這份資料要在什麼時候給新進員工呢？
B：部長の説明の後（に）渡します。 等經理說明完畢之後就給他們。

あの選手は8年間の訓練の後（に）、オリンピックで金メダルを取った。
那個選手經過八年的訓練之後，在奧運中獲得金牌。

此外，在日本報導天氣預報時也都會用「のち」做連接，以表示天氣的變化。例如：「雨あめのち曇くもり（下雨之後會轉變成陰天）」。這時候的「のち」通常只會用平假名書寫，並且這是固定習慣的用法，在名詞之後面也不會加「の」。如果說「雨の後に曇ります」雖也是正確的，但就不是天氣預報的口吻了。

今日の東京の天気は雨のち曇りです。 今天東京的天氣下雨後變陰天。

📖 進階跟讀挑戰

慢速分段　慢速連續　正常速連續
39-2A.MP3　39-2B.MP3　39-2C.MP3

❶ 私は彼と話した後で、もう一度自分の将来のことを考えた。
我和他談論之後，重新思考了自己的未來。

❷ 水泳をすると体が冷えるから、水泳の後でお風呂に入る。

因為游泳之後身體會發冷，所以在游泳後我會去泡澡。

❸ A：これから出かけるの？
B：うん、買い物の後で役場へ行って、それから銀行にも行く。

你現在要出門嗎？
對，去買東西之後再去公所，然後也會去銀行。

❹ 2時間後に友達が空港に着くので、車で迎えに行く。

因為兩個小時後朋友會抵達機場，所以我要開車去接他。

❺ A：100年後の未来はどんな世界だと思う？
B：今よりもっと科学が発達して、生活がとても便利になっていると思う。

你覺得一百年後的未來是怎樣的世界？
我覺得科技會比現代更進步，生活上也應該變得非常方便。

40 同時進行

　　同時進行指的是「一邊做A，一邊做B」，那在日語中這項文法該如何表述？「一邊做A，一邊做B」是同時進行兩個動作，因此表達時動詞的變化自然就是關鍵。簡單的說，不論是日語哪一類的動詞，只要把動詞的「ます形」去掉「ます」再接上「ながら」（即「…A（動詞的ます形去掉ます）＋ながら、B…」），就能完成同時進行兩個動作的文法了。

　　同時進行的兩個動作中，也會因為動作重要性的異同，擺置的動作也會不同。在想要表達的兩個動作中，**比較重要的那個，通常會置於文法中B的位置（較重要的會擺在後面）**。好比說，當同時進行「コーヒーを飲む（喝咖啡）」和「仕事をする（工作）」這兩件事情時，一般當然是工作比較重要，因此句子自然應該是「コーヒーを飲みながら仕事をする。（一邊喝咖啡、一邊工作。）」。

　　其次，如果**當兩個動作之間的重要程度相近**，差別不大時，**那麼所有的動詞就可以任意置於A或B的位置**。例如當我們在跟客人講話又同時記筆記，這兩個動作的重要性是差不多的，所以不管是講成「電話で話しながらメモをする（一邊講電話，一邊記筆記）」或是「メモをしながら電話で話す（一邊記筆記，一邊講電話）」都行，這兩種表現方式都沒問題。

　　最後一種狀況，就是同時進行的兩種動作都一樣不重要。假設有人要表達「我在去學校的過程中，在捷運裡一邊看書、一邊聽音樂。」這時候，去學校才是最主要的目的（行為），而「看書」和「聽音樂」都只是簡單地描述去學校的過程中打發時間的行為，根本都無關緊要，所以在日語的表達中，哪個放前面、哪個放後面都沒關係，講成「本を読みながら音樂を聞く（一邊看書，一邊聽音樂）」或「音樂を聞きながら本を読む（一邊聽音樂，一邊看書）」都是可以的。

　　此外，如果要敘述同時進行的兩項動作都會持維一段時間時，把**文法中B位置「ながら」的動詞變化成「て形＋いる」的話，即可表達出「ながら」前後的動作均有一段時間的延續性**。例如，「一邊打工，一邊上大學」這句

話就是有持續一段時間的意涵在，所以用日語表達時就必須將文法中 B 的位置用「て形＋いる」的句型表現，所以正確的句子就成了「アルバイトをしながら、大学だいがくに通かよっている」。

承上例，當使用「て形＋いる」的句型時要注意，另外有一種情況像是「アルバイトをしていながら」這樣前接「…ていながら」句的話，意思就完全不一樣，因為「て形＋いながら」是另一種逆接的文法了（是 N2 程度的文法，故在此暫時略過）。

📖 跟讀練習

慢速 40-1A.MP3　正常速 40-1B.MP3

A（動詞的ます形去掉ます）＋ながら、B

コーヒーを飲みながら仕事をする。　　我一邊喝咖啡一邊工作。

スマホでゲームをしながらご飯を食べる。　我一邊玩手遊、一邊吃飯。

電話でお客さんと話しながらメモをする。
我一邊跟客戶講電話、一邊做筆記。

＝メモをしながら電話でお客さんと話す。
我一邊做筆記、一邊跟客戶講電話。

A（動詞的ます形去掉ます）＋ながら、Bている

A：大学へ行く時、地下鉄で何をして（い）る？
你到大學去的時候，會在捷運裡做什麼？

B：本を読みながら音楽を聞いて（い）る。
我會一邊看書、一邊聽音樂。

＝音楽を聞きながら本を読んで（い）る。
我會一邊聽音樂、一邊看書。

田中さんはアルバイトをしながら大学に通っている。
田中先生一邊打工，一邊上大學。

A：いつもどうやって宿題をして（い）る？
你通常怎麼寫作業？
B：家で音楽を聞きながら宿題をして（い）る。
我會在家裡一邊聽音樂、一邊寫作業。

📖 文法小提醒

「て形（＋から）」、「た形＋り」及「ます形（去掉ます）＋ながら」都是把兩個動作連接起來的文法，但是連接後的作用是不一樣的。

簡單的說，「て形（＋から）」是代表動作的順序，「た形＋り」是表示動作的列舉，「ます形（去掉ます）＋ながら」則是表示兩個動作同時進行。

休みの日はいつも音楽を聞いて（から）散歩をしている。
假日的時候，我通常會在聽了音樂之後外出散步。
休みの日はいつも音楽を聞いたり、散歩をしたりしている。
假日的時候，我通常會聽聽音樂或是去散散步。
休みの日はいつも音楽を聞きながら、散歩をしている。
假日的時候，我通常是一邊聽音樂、一邊散步。

上述這些文法，也可以同時應用在同一個句子中。下面我們先來看把「ながら」及「た形＋り」的句型混在一起使用時的舉例。首先，我們先定義「[Aます]ながら、[Bた形]り、[Cた形]たりする」這樣的句型，它表示在同時進行的動作中，又有列舉的事項存在：

私はいつもテレビを見ながら、料理を作ったりご飯を食べたりしている。
我總是一邊看電視，一邊做菜或吃飯。

在這個例子中,同時進行的動作之一是A位置的「見ながら」,另一個同時進行的動作則是B位置的「料理を作ったり」及C位置的「ご飯を食べたり」,只不過它們用列舉的方式呈現出來。同樣意思的這個句子如果要再深入地以「同時進行與列舉」表達時,就以「[Aます]ながらB」與「[Aます]ながらC」的句型著手:

私はいつもテレビを見ながら料理を作ったり、テレビを見ながらご飯を食べたりしている。
我總是一邊看電視一邊做菜,或者一邊看電視一邊吃飯。

這句與上一句的句型沒有太大的改變,兩者只有一個差別是同時進行的兩組動作A位置的「見ながら」,在C位置的「ご飯を食べたり」的前面又重新來了一次。

要將表示「同時進行」的文法「ながら」與表示順序的「て形＋(から)」同時應用在同一個句子中時該怎麼做呢?一樣我們先定義出「[Aます]ながら、[Bて形](から)、C」的句型前提,然後馬上進入例句:

私は昨日家で音楽を聞きながらお皿を洗って、掃除をした。
我昨天在家裡一邊聽音樂、一邊洗盤子,然後去打掃(＝…一邊洗碗和打掃)。

在這個例句中,一邊做的事情是「聽音樂」,並一邊做「洗盤子」這件事,因為句型是「お皿を洗って」,所以是在前述的這些事都結束了以後才進入「打掃」的階段。但是在這個例句中有一點要特別注意,因為在「[Aます]ながら、[Bて形](から)、C」這個句型在日語中,除了前述有順序的進行之外,其實也同步含有「A和B同時做」之後「A和C同時做」,所以也可以說是「＝…一邊洗碗和打掃」的意思。

進階跟讀挑戰

❶ いろいろなことに注意しながら運転しなければならない。

開車的同時,也必須要注意很多事情。

❷ 危ないから、スマホをいじりながら歩いてはいけない。

因為很危險,所以不可以一邊滑手機、一邊走路。

❸ テレビを見ながら勉強しても、成績は良くならない。

一邊看了電視、才一邊學習,成績還是不會變好。

❹ A:山田さんはどうしていつもあんなに疲れているの?

山田先生為什麼每次都那麼累呢?

B:働きながら、一人で子供を育てていると聞いたよ。

我聽說他一邊工作、一邊獨自一人養育孩子喲!

41 動詞：修飾名詞

在日語中，除了之前講過的名詞修飾名詞及形容詞修飾名詞之外，還可以用動詞（句）來達修飾名詞的功能。

※關於形容詞對名詞的修飾，請參照⑤形容詞：修飾名詞

在這個單元中，我們來說明如何用動詞（句）修飾名詞。從結論下刀，**單一動詞只要在動詞普通形之後直接接上名詞即可**。動詞和名詞中間不需要加「の」，也就是說，以「動詞普通形（含辭書形、過去形等部分變化）＋名詞」的句型結構就能完成修飾。

另外**主語透過任何動作形成的句子也能作為修飾名詞的動詞句**。要注意的是，透過動詞句修飾名詞時，因為有主語及動詞，就會牽連到助詞，而使用助詞的細節較為複雜也容易出錯，所以在本單元中整理出最基礎的概念出來。

在建構動詞的修飾句時，首先要注意「は」和「が」的區別。簡單來說，「は」是大主語，代表整個句子的「主題」，「が」是小主語，則代表一部分內容的「主體」。

これは私（わたし）が買（か）ったケーキだ。　　　　這是我買的蛋糕。

我們以這個句子為例，句子的重要核心是在敘述「これはケーキだ（這是蛋糕）」的部分。「這是」的部分為主要重點，所以助詞自然是使用表示主題的「は」。接著我們必須知道，句中的「私（わたし）が買（か）った」並不構成獨立的句子，而是僅作為修飾「ケーキ」的資訊，所以「私（わたし）」僅為修飾部分內容的主體，所以後面搭配的助詞是「が」。

鈴木（すずき）さんがよく行（い）く国（くに）は台湾（たいわん）だ。　　　鈴木先生常去的國家是台灣。

我們另外再來看上面這個例子。例句「国くには台湾たいわんだ（國家是台灣）」中，主題是「国くに」，所以助詞接的是「は」，而修飾這個「国くに」的動詞句子是「鈴木すずきさんがよく行いく（鈴木先生常去）」，所以看得出來「鈴木すずきさん」是修飾名詞用的動詞句的主體，所以後面接續的是「が」。

承上所述，「は」和「が」的位置該如何擺置，必須觀察其每句話表達狀況的不同而有異；決不是單純因為「は」是大主語，「が」是小主語就以「は」、「が」的順序擺放喔！

※關於「は、が」的應用・請參照 ② 助詞：「は」與「が」

助詞「が」不僅可以表示主體，也可以用來表示對象；相對的，助詞「は」除了上述的基本作用以外，也有強調的功用。因此，一旦將動詞句當作修飾名詞的內容時，在同一個句子中也可能會有複數出現幾個「は」和「が」的情況存在。例如：

1) 私わたしが会あった店員てんいんは日本語にほんごがとても上手じょうずだった。
我碰到的店員，日語講得非常好。

在 1) 的句子中總共出現了兩個「が」。句子的主題是「店員てんいん」故接續「は」。第一個「が」是作為修飾「店員てんいん」用的「私わたしが会あった」動詞句的小主語；第二個「が」則是「〜が上手じょうず」句中表示「擅長…」的述語。

2) 私わたしは大おおきい庭にわがある家いえが欲ほしい。
我想要擁有一座附有諾大庭院的房子。

在 2) 的句子中總共也出現了兩個「が」，這句話的核心重點是「私わたしは家いえが欲ほしい（我想要房子）」。主題是「私わたし」故接續「は」。第一個「が」是作為修飾「家いえ」內容動詞句「大おおきい庭にわがある」的小主語；第二個「が」則是「欲ほしい（想要）」的對象。

3）妹は母が作った料理は食べるが、私が作った料理は食べない。　　　　　　雖然妹妹會吃媽媽煮的菜，但是不會吃我煮的菜。

在 3）的句子中分別出現了三個「は」及三個「が」，但也沒有這麼複雜。主題為「妹」，所以第一個「は」是表示主題，故接續在「妹」之後，第二個跟第三個「は」前接「料理」，這時候是做兩項對比之用；「が」的部分第一個「母が作った」及第三個「私が作った」都是作為修飾名詞「料理」的動詞句的小主語，至於第二個「が」接在動詞原形之後，這時候指的是逆接的語氣，如同「雖然…」的意思。

※關於對比義涵「は」的應用，請參照㉓助詞：「は」
※關於對象義涵「が」的應用，請參照㉔助詞：「を」與「が」

透過助詞，能夠了解到意思表達及理解的正確與否，相當重要。當然除了先前不厭其煩地再三說明的「は」和「が」之外，其他的助詞的理解也不能馬虎。要達到最有效的解讀及表達，我們可以將句子中的核心部分及補充資訊分解開來，依著助詞逐一理解。我們以下面這個句子為例：

仕事を手伝わない人と一緒に働きたくない。
我不想要跟不會幫忙工作的人一起上班。

我們試圖把它分解開來，這句話中核心的重要部分是「（私は）一緒に働きたくない（（我）不想要一起工作）」。了解到這個前提後，接著我們把構成這句話的其他補充資訊再分解作了解：

仕事を手伝わない人と一緒に働きたくない。
　　　　　　　　　＿＿＿＿　1)
　＿＿＿＿＿＿＿＿＿　2)
＿＿＿＿＿＿＿　3)

1）不想和什麼一起工作？　→「人と」，「跟人（一起工作）」
2）是指不想跟什麼樣的人呢？　→「手伝わない人」，「跟不幫忙的人（一起工作）」

3）不會幫忙什麼呢？　→「仕事(しごと)を手伝(てつだ)わない」,「不會幫忙工作」

　　一步一步分析之後，就可以確定上述例句的意思為「我不想要跟不會幫忙工作的人一起上班」。

　　此外，時態的變化也要注意。例如，「ご飯(はん)を食(た)べる時(とき)」表示「要吃飯的時候」；「ご飯(はん)を食(た)べた時(とき)」這個句型因為變成了過去形，所以是表示「（已經）吃了飯的時候」。

　　由此可見，「日本(にほん)へ行(い)く時(とき)」表示「要去日本的時候」，等於「要到出發去日本的時候」。「行(い)く」的概念是「到目的地去」，並沒有包含「來回」的概念。因此，「日本(にほん)へ行(い)った時(とき)」並不是「去過日本後回來的時候」或「去了日本之後」等含意，而是只有「已經到了日本的時候」的意思，也就是說「待在日本的時候」。例如「日本(にほん)へ行(い)った時(とき)おいしいものを食(た)べた。」正確來說是指「我待在日本的時候，吃了好吃的食物」的意思；而表達「回來」的「帰(かえ)る時(とき)（要回去的時候）」和「帰(かえ)った時(とき)（已經回來的時候）」的分別也是如此。即使是未來的時間點，想要表達「完成…的時候」，也可以使用過去形的變化。

跟讀練習

慢速 41-1A.MP3　　正常速 41-1B.MP3

動詞句修飾名詞

これは私(わたし)が買(か)ったケーキだ。　　　　這是我買的蛋糕。
これは山田(やまだ)さんが知(し)らなかったニュースだ。
這是山田先生不知道的新聞。

鈴木(すずき)さんがよく旅行(りょこう)に行(い)く国(くに)は台湾(たいわん)だ。
鈴木先生常去旅遊的國家是台灣。

A：田中(たなか)さんが会社(かいしゃ)にいない日(ひ)は、誰(だれ)がお客様(きゃくさま)に連絡(れんらく)しますか。
　　在田中先生不在公司的日子裡，誰能跟客戶聯繫呢？

B：私が連絡します。　　　　　　　　由我來聯繫客戶。

先週私が会った店員は日本語がとても上手だった。
上個星期我碰到的店員日語講得很好。

A：将来どんな家が欲しい？　　　　你將來想要怎樣的房子？
B：私は大きい庭がある家が欲しい。
　　我想要擁有一座附有諾大庭院的房子。

妹は母が作った料理は食べるが、私が作った料理は食べない。
妹妹雖然吃媽媽煮的菜，但是不吃我煮的菜。

今日は会社の近くにある店で昼ご飯を食べた。
今天我在公司附近的餐廳吃午餐。

仕事を手伝わない人と一緒に働きたくない。
我不想要跟不會幫忙工作的人一起上班。

A：疲れたから、どこか座って休憩できる場所へ行かない？
　　因為累了，要不要去找個可以坐下來休息的地方。
B：そうだね。私もカフェで休憩したい。
　　好啊，我也想要在咖啡廳休息。

先週日本へ行く時、空港で迷子になった。
上個星期我要去日本的時候，在機場迷路了。

先週日本へ行った時、たくさん写真を撮ったり、おいしいものを食べたりした。　　上個星期我去到日本的時候，拍了很多照片和吃了美食。

来月国へ帰る時、家族や友達のお土産をたくさん買う。
下個月我準備回國的時候，要買很多送給家人和朋友的土產。

207

来月国へ帰った時、両親が空港へ迎えに来てくれる。
下個月我回到母國的時候，我的父母會來機場接我。

📖 文法小提醒

當看到複雜的日文長句時，學習者常常會弄不清楚。不過，請不用太擔心，因為通常只要將主詞跟述語先釐清出來，再逐一依助詞等句構因素解析之後，往往就能夠做出正確的解讀了。這不僅是看日文文章時好用，而且自己造日文句子的時候也很有幫助。

田中さんが作ったベッドがある部屋で寝ている人がいる。
有人在放有田中先生製作的床的房間裡睡覺。

私が鈴木さんに紹介した山田さんは、鈴木さんが書いた本を私に見せてくれた。
把我介紹給鈴木先生認識的山田先生，把鈴木先生寫的書拿給我看。

私は佐藤さんが山田さんと鈴木さんの仕事を手伝って、帰る時間が遅くなったという話を田中さんから聞いた。 我從田中先生那聽到一個消息，佐藤先生因為幫忙山田先生和鈴木先生的工作，結果晚回家了。

妹は大学の近くにあるカフェで、私が誕生日に買ってあげたパソコンでレポートを書いたり、同じ大学に通っている友達とコーヒーを飲みながら話をしたりしている。
妹妹在大學附近的咖啡廳，用我在她生日的時候買給她的電腦寫報告，或跟大學的同學一邊喝喝咖啡，一邊聊天。

📖 進階跟讀挑戰

慢速分段 41-2A.MP3　慢速連續 41-2B.MP3　正常速連續 41-2C.MP3

❶ 田中さんが作る資料はいつも間違いが多いから困る。

因為田中先生製作的資料總是有很多錯誤，所以總是讓人感到很困擾。

❷ 誕生日に夫が買ってくれたピアスが見つからない。

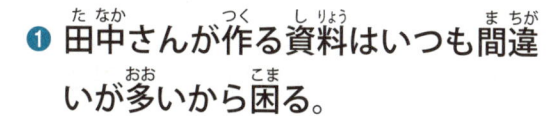

我找不到老公在我生日時候買給我的耳環。

❸ 12月の試験の前に、学校で習わなかった文法と単語を自分で勉強しなければならない。

在十二月考試之前，我必須自己學習在學校沒學過的文法和詞彙。

❹ A：私が買ってきて冷蔵庫に入れたプリンを食べた人は誰？
B：ごめんなさい。私が食べた。

誰把我買來了之後放在冰箱裡的布丁吃掉了？

不好意思，是我吃的。

❺ 友達と行った映画館がある商店街はとてもにぎやかだった。

我有跟朋友去過的電影院的那條商店街很熱鬧。

❻ A：どの人が山田さん？
B：私があげた帽子をかぶっている人の隣に座っている人が山田さん。

哪一位是山田先生？

戴著我送的帽子的那個人，坐在他旁邊的就是山田先生。

❶ 初級文法基礎篇
❷ 初級文法延伸篇
❸ 進階文法基礎篇
❹ 進階文法延伸篇

42 委託、推薦

本單元要來講的是「請（對方）做…」的文法—**「て形＋ください」**。這是一個**使用頻率很高，內容包括「請求、柔性的命令及推薦」這三個主體涵義的文法**，請務必精準掌握其使用時機。它是話者對聽者做出請求之故，所以是由對方的視角出發所進行的動作。

接下來針對這三種涵義，進行一些表達上的補充。首先第一種是有請求涵義的「委託、拜託」。既然是委託、拜託他人，需要低姿態點，所以在講這句話時，發話時也可以說「すみません（不好意思）」。例如，請路人幫忙拍照、請求上司教導工作內容…等情況，這時候「すみません（不好意思）」的後面常常會加上「が、けど」，但這時候並不是指逆接，而是表達出我後面還有其他的話還沒有說完的意思。

在回應時，判斷後認為可以接受別人的請求，便可以用「いいですよ（可以喔）」或「分ゎかりました（我知道了）」這兩句話加以回覆。但是這兩種回答出來的意義有點不同，「いいですよ」是回答者對於發話者表示出「給予對方許可」的意思，因此會讓人感覺到回答的人立場有比較強勢的印象；相對而言，「分ゎかりました」是正式的語氣，表現出「直接接受對方的請求」的態度之外，其姿態也比較謙和有禮的印象。而如果無法接受對方請求的話，只要「すみません、ちょっと…（不好意思，有點不方便）」就行了。

※關於邀請的應用，請參照⑰邀請

第二種語義是有柔性命令涵義的「指示性」語氣。為什麼說是柔性的命令呢？要注意因為這個用法界於禮貌與不禮貌之間，它具有說話的人明確地要求「我就是要你這麼做」，但是話語間卻充滿了足夠的禮儀，多半的情況下又不會讓聽話的人感受到不滿的強勢命令感。這個用法通常會在老師要求學生提交作業或主管要求新員工幫忙影印資料…等語氣溫和地請求對方幫忙，且按常理對方都理應進行的情況下使用。但也正因是命令型的語氣，所以使用這個句型前，若先說出「すみません」這句表示著請求姿態的發語詞時就會顯得很奇怪。

在這種語氣的應答中，適當的日語只有「分わかりました（我知道了）」而已。因為「いいですよ」是上對下指示的用語，別人都對自己命令了，還用這句話自然變得語意矛盾。

回答時可以回答「大丈夫だいじょうぶです」，但同時要注意日語的「大丈夫だいじょうぶです」一詞雖然表示「沒問題」的意思，不過「根據情況的不同，也可能會變成不行」的結果。但若以「大丈夫だいじょうぶです」當作「て形＋ください」的回答，大體上表達就是「這次是沒問題」的意思。

第三種是「接待、推薦」涵義的表達。這一種的用法，通常是接待訪客時而說「請用這個…」等情況下。當以這個語意為前提在發話時，可以先提「どうぞ（請）」這個發語詞。例如：「請進（どうぞ）、請坐（どうぞ）、請用這個…（…てください）」。

接受了他人的熱情接待之後，適當的回覆自然是「ありがとうございます（謝謝）」。當然，如果想要婉拒的這份好意時，就可以說：「いいえ、結構けっこうです（沒關係，不必了）」。

要注意的是，因為「接待」語意的「て形＋ください」也算是一種非強勢性的建議，即包括「要不要」的含意在裡面，因此聽的人還是有選擇權的。所以如果這時候回覆的是「いいです（よ）」或「大丈夫だいじょうぶです」的話，最後都會變成拒絕之意的「不用」喔！

※關於提議的應用，請參照 31 提議

把「て形」的部分替換成「ない形＋で」就可以表示「請你不要做…」的意思。雖然這項文法也有上述三種語氣，**但是很少應用在「接待、推薦」情況下**，因為畢竟我們要招待東西給他人，又用「請不要（享用…等）」等的情況，一想就怪怪的吧！

不論是上述的哪一種應用，在「ください」的基本概念，還是語氣比較禮貌的用體；相對的普通形該怎麼用呢？只要將「て形＋ください」和「ない形＋で＋ください」的「ください」刪掉，就可以變成普通形了。舉幾個例子：「ちょっと待まって（你等一下）」、「寝ねないで（你不要睡）」等

等。還是要注意，如果以「〜て」或「〜で」作為句尾表達的話，這時意思可以是向對方做出要求，也可以是表達「然後、還有」，並暗示後面有內容但加以省略了。

📖 跟讀練習

慢速 42-1A.MP3　正常速 42-1B.MP3

て形＋ください：請求

（すみませんが、）仕事を手伝ってください。
（不好意思，）請你幫我的工作。

A：（すみませんが、）写真を撮ってください。
　（不好意思，）請你幫我拍一下照片。
B1：はい、分かりました。／はい、いいですよ。
　　好的。／好，沒問題。
B2：すみません、ちょっと…。　　不好意思，我不太方便。

A：（悪いけど、）駅までの道を教えて。
　（不好意思，）請你跟我說車站的路怎麼走。
B1：うん、分かった。／うん、いいよ。　好的。／好啊，沒問題。
B2：ごめん、ちょっと…。　　不好意思，我有困難…。

て形＋ください：柔性命令

宿題を出してください。　　請你繳交作業。
明日までにこの資料を書いてください。
請你在明天之前填寫這份資料。

A：お客様に連絡をしてください。　　請你跟客人聯絡。
B1：はい、分かりました。　　好的。

212

B2：すみません、ちょっと…。　　　　不好意思，我有點不方便…。

A：テーブルの上にある財布を持ってきて。
請你把桌上的桌上的錢包拿過來。

B1：うん、分かった。　　　　　　　　好的。

B2：ごめん、ちょっと…。　　　　　　不好意思，我不方便…。

て形＋ください：接待、推薦

（どうぞ、）入ってください。　　　請進。

（どうぞ、）お茶を飲んでください。　請喝茶。

A：（どうぞ、）座ってください。　　請坐。

B1：ありがとうございます。　　　　　謝謝。

B2：いいえ、結構です。／いいえ、大丈夫です。
不用了，謝謝。／沒關係。

て形的否定表現

授業中は寝ないでください。　　　　　請不要在上課的時候睡覺。

すみません、ここに荷物を置かないでください。
不好意思，請不要把行李放在這裡。

A：明日は絶対に遅刻しないでください。　明天請你絕對不要遲到。

B：はい、分かりました。気を付けます。　好的，我會注意的。

A：あとで田中さんが来るから、ここに座らないで。
因為等一下田中先生會來，所以請不要坐在。

B：うん、分かった。　　　　　　　　好，我知道了。

📖 文法小提醒

「ください」的基本概念是「向對方要求」，因此在不是「て形」的情況下直接使用「ください」時，即能表示是「請給（我）…（前述的名詞）」的意思。例如：「お金(かね)をください」、「時間(じかん)をください」等，前述的內容不論具體或抽象的事、物都可以這樣應用。

（私(わたし)に）お金(かね)をください。	請給我錢。
（私(わたし)に）リンゴを１つ(ひと)ください。	請給我一顆蘋果。
（私(わたし)に）もう少(すこ)し時間(じかん)をください。	請給我一點時間。

📖 進階跟讀挑戰

慢速分段 42-2A.MP3　慢速連續 42-2B.MP3　正常速連續 42-2C.MP3

❶ A：病院(びょういん)の場所(ばしょ)は分(わ)かった？
　B：よく分(わ)からなかったから、悪(わる)いけど、もう１回(いっかいおし)教えて。

你知道醫院在哪裡了嗎？

不好意思，因為我還不太知道，請你再跟我說一次。

❷ この資料(しりょう)は部長(ぶちょう)に見(み)せてからコピーしてください。

請你把這份資料先給經理看了之後再拿去影印。

❸ ちょっと飲(の)み物(もの)を持(も)ってきますから、どうぞゆっくりしてください。

我先去拿飲料一下，請你當自己家一下，不要拘束。

❹ 私(わたし)は先(さき)に帰(かえ)りますから、仕事(しごと)が終(お)わったら、事務所(じむしょ)を出(で)る前(まえ)に電気(でんき)を消(け)したり、窓(まど)を閉(し)めたりしてください。

因為我先要回家，在你工作結束後離開辦公室之前，請先把電燈和窗戶關掉。

❺ 喫煙所はあそこですから、ここでタバコを吸わないでください。

在那裡有吸菸區，所以請不要在這裡抽菸。

❻ A：ここに車を止めないでください。

請不要把車子停在這裡。

B：すみません、荷物を置いたらすぐに移動しますから、1分だけ待ってください。

不好意思，我放好行李後馬上就走，請你等我個一分鐘。

A：分かりました。じゃ、あいいですよ。

好的，那沒關係。

43 允許

「て形＋も＋いい」是允許他人做某事的意思，在「て形」的部分便是置放允許對方做的某動作，相對應的中文是「做…也可以」，**因為是對他人的允許，所以被允許的對象得以做某件事，也可以不做**。以「食(た)べてもいい」為例，這個短句就是「你要吃也可以喔！」的意思，當然也暗喻著對方不想要吃的話也可以的！

如果以疑問句「て形＋も＋いい？」的方式呈現，則變成了「可以做…？」的意思。這個**疑問句通常是應用在表示自己想要做，並且想要獲得對方許可的時候**。所以「て形」部分的動詞是指自己想要做的動作。一樣以「食(た)べてもいい」為例，只是這次改成疑問句的「食(た)べてもいい？」，這時候表示的就是說話的人向對方詢問「我可以吃…嗎？」的意思。

所以要小心注意，**被允許的對象在肯定形（可允許對方）及疑問句（可否允許自己？）裡完全相反了過來**。別因為肯定形時的「て形＋も＋いい（你做…也可以）」的關係，就把多了個？的「て形＋も＋いい？」誤會成「你可以做…嗎？（✕）」。再以例句加強觀念：「手伝(てつだ)ってもいい？」不是表示「你可以幫我嗎？」，而是表示「我可以幫忙嗎？」的意思，語意中是帶有「我想要幫忙，但是想要獲得你的許可，你可以接受嗎？」的概念。假如我看到一位新來的同事正因為不熟悉工作而感到很困擾，而且我現在剛好有空，我就去問了一下主管說：「我可以去幫他一下嗎？」，這時候日語就要說：「手伝(てつだ)ってもいいですか（？）」。

想要表示允許否定的「不做…也可以」（基本上也帶有「不一定要做」的語氣），就把「て形＋も＋いい」的句型改成「～なくて＋も＋いい」就行，「なくて」是由「ない形」的變化而來。使用否定形「～なくて」時，通常表達的範圍就比較廣泛，可以是自己的事情，也可以是別人的事情。例如，以「日曜日(にちようび)は学校(がっこう)へ行(い)かなくてもいい」為例，這句話通常是表示「星期天我不去學校也沒關係」的意思，但語義的範圍比肯定形又更大了一點，同時也能表示「你不去也沒關係」或「他不去也沒關係」的意思。

同樣否定的文法「～なくて＋も＋いい」還可以運用在更多的層面上。

前述例子的前提為「如果有必要，去學校也可以」，即「想去跟不去都可以，沒關係」。但是如果是有些打從根本就不需要做的事情也可以用同一個文法來表達，以「試食ししょくですからお金かねを払はらわなくてもいいです（因為是試吃，所以不用付錢）」這個句子為例，「不用付錢」這件事是很明確不用做的，文法中一樣能表現出這個意思。

最後，否定的疑問句「～なくてもいい？」通常用來表示詢問是否允許自己是否可以不用做不想做的事，所以文法中「～なくて」的部分基本上就是使用自己不做的那個動詞（動作）。好比說，如果我們想詢問對方是否能允許自己不用洗盤子，就可以說「お皿さらを洗あらわなくてもいい？（我不洗盤子也沒關係嗎？）」

📖 跟讀練習

慢速 43-1A.MP3　　正常速 43-1B.MP3

～てもいい？

そのケーキを食たべてもいいよ。　　你可以吃那塊蛋糕喲！

もうあまり暑あつくないから、エアコンを消けしてもいいよ。
因為已經沒那麼熱了，你可以關掉冷氣囉！

～てもいい？

A：窓まどを開あけてもいい？　　我可以開窗嗎？

B1：うん、いいよ。　　可以喲！

B2：ごめん、ちょっと…。　　不好意思，不太方便…。

ちょっと新入社員しんにゅうしゃいんを手伝てつだってもいいですか。
你可以幫一下新進的同事嗎？

A：ここに座すわってもいいですか。　　我可以坐在這裡嗎？

B1：はい、いいですよ。　　可以喲！

B2：すみません、ちょっと…。　　　　　　不好意思，有點不方便…。

～なくてもいい

日曜日は学校に行かなくてもいい。　　　星期天不去學校也沒關係。
明日は働かなくてもいい。　　　　　　　明天不上班也可以。

小学生は働かなくてもいい。　　　　　　小學生不需要工作。
試食ですから、お金を払わなくてもいいです。
因為是試吃，所以不用付錢。

～なくてもいい？

A：このお皿は洗わなくてもいい？　　　這個盤子不洗也沒關係嗎？
B1：うん。使っていないから、洗わなくてもいいよ。
　　　對，因為沒用過，不需要洗。

B2：ううん。さっき使ったから、洗って。／
　　　ううん。さっき使ったから、洗わなくてはだめ。
　　　不行，因為剛剛使用過，所以請你洗一下。／不行，因為剛剛有用過，所以一定要洗。

※關於義務的應用，請參照㊹義務、規則

📖 文法小提醒

　　「て形＋も＋いい？」的敬體是「て形＋も＋いいですか」。在日語中有三個文法很容易造成學習者們的混淆，分別是這課學習到的「て形＋も＋いいですか」、「て形＋ください」及將「て形＋もらいます」和「て形＋も＋いいですか」結合在一起的「て形＋もらって＋も＋いいですか」。下面將這三個文法簡單列表說明：

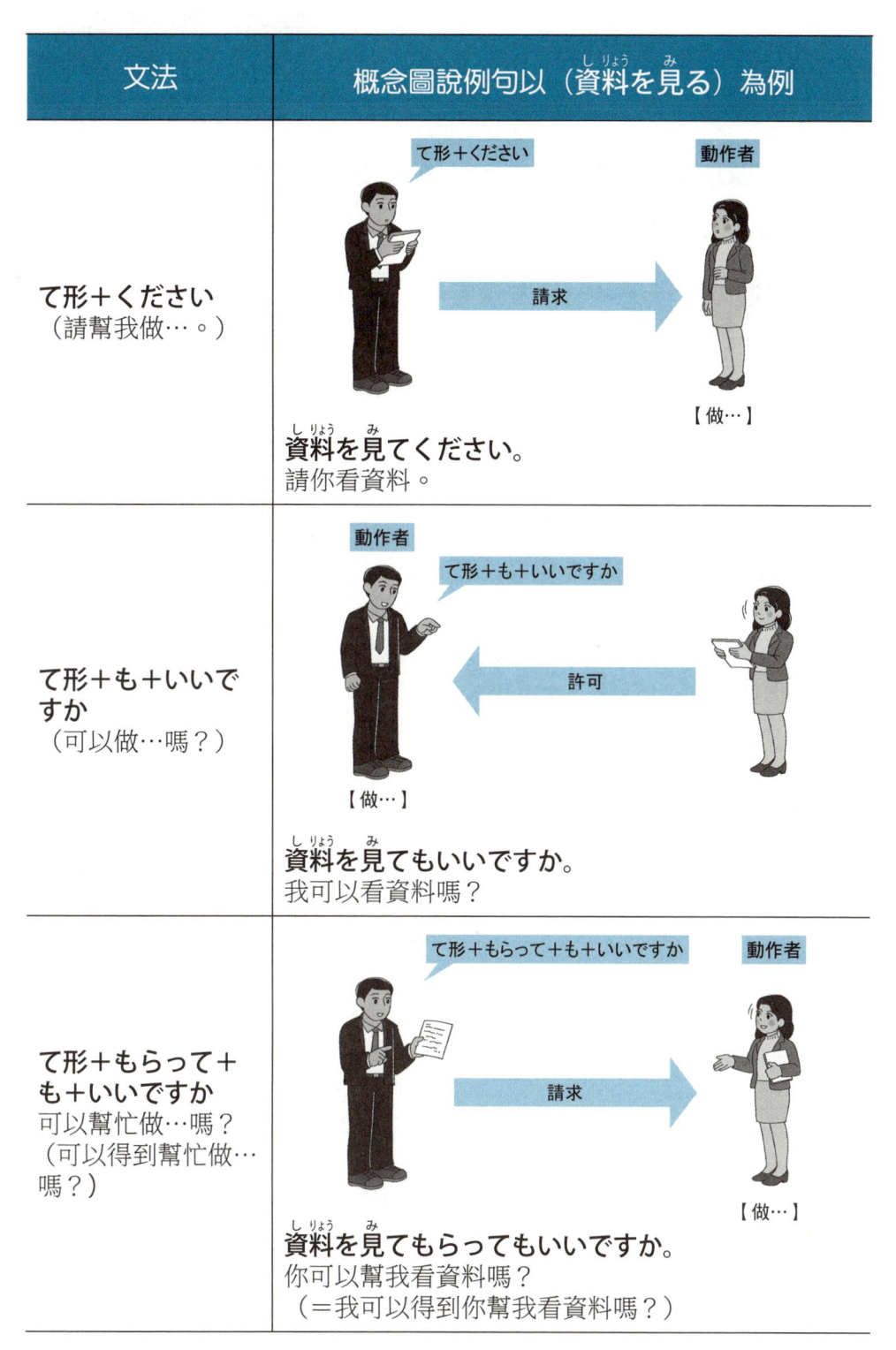

文法	概念圖說例句以（資料を見る）為例
て形＋ください （請幫我做…。）	て形＋ください　　動作者 請求　→ 【做…】 資料を見てください。 請你看資料。
て形＋も＋いいですか （可以做…嗎？）	動作者　　て形＋も＋いいですか ←　許可 【做…】 資料を見てもいいですか。 我可以看資料嗎？
て形＋もらって＋も＋いいですか 可以幫忙做…嗎？ （可以得到幫忙做…嗎？）	て形＋もらって＋も＋いいですか　　動作者 請求　→ 【做…】 資料を見てもらってもいいですか。 你可以幫我看資料嗎？ （＝我可以得到你幫我看資料嗎？）

❶ 初級文法基礎篇

❷ 初級文法延伸篇

❸ 進階文法基礎篇

❹ 進階文法延伸篇

📖 進階跟讀挑戰

❶ 食べ放題だから、このメニューにある物は何を食べてもいい。

因為是吃到飽,所以要吃在這份菜單上面的任何東西都可以。

❷ A：来週のパーティーに友達を呼んでもいい？

下週的派對我可以邀朋友過來嗎？

B：いいよ。人が多いほうが楽しいから、ぜひ連れてきて。

可以喲,因為人多比較好玩,請一定要帶你的朋友過來。

❸ 明日から連休で早く起きなくてもいいので、今日は早く寝なくてもいい。

因為從明天開始是連假,我沒有必要早點起床,所以今天沒有早睡也沒問題。

❹ A：明日のバーベキューの時、オレンジジュースも必要？

明天烤肉的時候,需要配柳橙汁嗎？

B：あってもなくてもいいよ。

有或沒有都可以喲！

44 規則（禁止）

規則通常都是需要遵守的，而「禁止」則是規則的一環。日語中表達「禁止」的時候也有很多種不同的說法，其中也有與「て形」有關的文法，我們就先從這裡開始說起來。

日語中的「いけない」是「不行」的意思。它可以與「て形」組合成「て形＋は＋いけない」的文法，進而轉變成「不可以做（不允許做）…」的意思。**這個文法的語氣直接了截，能夠明明白白地讓其他的人了解話者釋出了禁止的語氣**。

一樣能表達出不行意思的還有「だめ」和「ならない」這兩個詞彙。兩者都可以跟「いけない」替換使用。其中「だめ」是普通形的口語，若要以禮貌形口語來表達的話，只要加上「です」變成「だめです」就可以了。

而「ならない」也是能夠跟「て形」組合並用的。「て形＋は＋ならない」與「て形＋は＋いけない」兩者相比之下，「て形＋は＋ならない」是為更書面體的語氣，聽起來的感覺很嚴肅（此文法分類於N2的文法當中）。但單就意思的方面來說，兩者並沒有很大的差別。

那麼，要使用禁止的否定形時，因為這個文法一樣是「て形」開頭的，所以一樣先把「ない形」的結尾「ない」改成「なくて」，變成「〜なくて＋は＋いけない」就能表示「不可以不做…、不做…的話不行。」的概念，反過來想，也就是「一定要做…」的意思。當然，這時候的「いけない」一樣也可以跟「だめ」或「ならない」替換使用喔！

📖 跟讀練習

慢速 44-1A.MP3　　正常速 44-1B.MP3

普通形的禁止

ここでタバコを吸ってはいけない。　　不可以在這裡抽菸。

＝ここでタバコを吸ってはならない。
＝ここでタバコを吸ってはだめだ。

A：この話を田中さんに教えてはだめ？
　　我不可以把這個消息告訴田中先生嗎？
B：ううん、（教えても）いいよ。　　　不，你可以告訴他喲！

A：ここに自転車を止めてもいい？　　脚踏車可以停放在這裡嗎？
B：ううん、（ここに止めては）だめ。　不行。

月曜日は学校へ行かなくてはいけない。　星期一一定要去學校。
＝月曜日は学校へ行かなくてはならない。
＝月曜日は学校へ行かなくてはだめだ。

禮貌形的禁止
授業の時に寝てはいけませんよ。
上課的時候，不可以睡覺喲！
＝授業の時に寝てはなりませんよ。
＝授業の時に寝てはだめですよ。

普通形的否定形禁止
A：お皿は今洗わなくてはだめ？　　　盤子需要現在洗嗎？
B：ううん、（今洗わなくても）いいよ。不，現在不洗也沒關係。

A：この荷物は今日中に送らなくてもいい？
　　這件行李今天沒有寄出也可以嗎？
B：ううん、（今日中に送らなくては）だめ。午後送って。
　　不行，請你在下午的時候寄出。

禮貌形的否定形禁止

来週は試験ですから、ちゃんと勉強しなくてはいけませんよ。
＝来週は試験ですから、ちゃんと勉強しなくてはなりませんよ。
＝来週は試験ですから、ちゃんと勉強しなくてはだめですよ。
因為下週有考試，一定要好好學習喲！

📖 文法小提醒

剛剛我們在主要課文已經學到了「～なくて＋は＋いけない（一定要做）」這項文法。然而，與它中文的含義相同的還有「～ない＋と＋いけない」和「～なければ＋いけない」這兩項。

在這兩項文法中，「～ない＋と」是表達條件的文法之一，意思是「不…的話，就」的意思。因此「いけない」與之結合為「～ない＋と＋いけない」之後，就成了「不做…，那就不行」的意思。

※關於條件、假設的應用，請參照㊺條件、假設（一）

接著另外一個「～なければ」也是表達條件的文法之一（屬於N4的文法）。雖然細究之後，「～ない＋と」與「～なければ」的應用情況會有不同，但是「～ない＋と＋いけない」跟「～なければ＋いけない」這兩者的意義相通，是可以相互替用的。

不過要注意的是，**「～ない＋と」的後面一般來說，慣性地不太會去接續「ならない」來使用**，通常只會接續「いけない」跟「だめ」而已；但是「～なければ」的話就不一樣了，不論是「いけない、ならない、だめ」，都很常接續在「～なければ」的後面。

明日の朝までにレンタカーを返さなくてはいけない。／
返さなくてはならない。／返さなくてはだめだ。

＝明日の朝までにレンタカーを返さないといけない。／だめだ。
＝明日の朝までにレンタカーを返さなければいけない。／返さなくてはならない。／返さなくてはだめだ。

到明天早上之前一定要還租車。

📖 進階跟讀挑戰

慢速分段 44-2A.MP3　慢速連續 44-2B.MP3　正常速連續 44-2C.MP3

❶ この服は仕事の時に着るから、捨ててはいけない。

因為這件衣服我會在工作的時候穿，所以不可以丟掉。

❷ 本当に試合で優勝したかったら、毎日一生懸命練習しなくてはいけない。

如果你真的想要在比賽獲得冠軍，那就一定要每天拼命練習。

❸ 隣に住んでいる人の迷惑になるから、部屋の中で大きな声で話してはいけない。

因為會造成鄰居的麻煩，所以不可以在房間裡大聲說話。

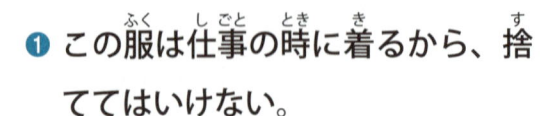

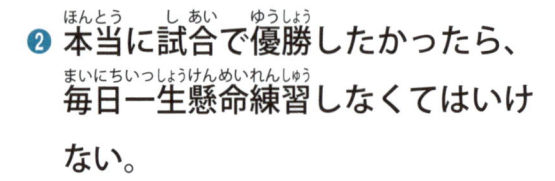

❹ A：この資料は持っていかなければなりませんか。

這份資料一定要帶去嗎？

　B：うん。契約の資料だから忘れてはだめだよ。ちゃんとかばんに入れてね。

是的，因為是合約的資料，所以一定不能忘記帶。要好好收在包包裡面喲！

❺ 鈴木さんはいつも他の人に遅刻をしてはいけないと言うのに、自分はよく時間に遅れる。あんな人になってはいけない。

明明鈴木先生總是對別人說不可以遲到，但是自己卻常常遲到。一定不能變成那樣的人。

45 條件、假設（一）

　　日語中表示條件及假設的文法有許多種，本課要來講解「A＋と＋B」的文法應用。「A＋と＋B」此一文法概念是「當A的條件成立之後，便會產生B的結果」，也就是「如果A成立的話，就B…」的意思。在這項文法中，**A的位置可以置放的是名詞、形容詞、動詞的非過去普通形**。例如：

スイッチを押すと電気がつく。　　　　按下按鈕後，電燈就亮起來了。

　　上面的句子中，A的位置是「スイッチを押す（按下按鈕）」，而B的位置是「電気がつく（有電了→燈亮起來了）」，因為有按下按鈕（A）的條件成立，所以才會發生燈亮起來（B）的這個結果，更具象化的概念是如此。

　　但在這項文法中，**如果A的條件是「名詞和な形容詞的非過去肯定形」時，記得不能刪掉結尾的「～だ」**，必須完整留用。以「良い天気だと、遊びに行きたくなる」這句話為例，句子裡所說的「良い天気」是「い形容詞＋名詞」構成的短句，結論其經過修飾後仍是名詞，所以用在本課的文法中表示條件時必須要加上「だ」（→「良い天気だと」）。之前的單元講過「A＋と＋B（A和B）」的這個單純表示並列的文法中，A與B只能是名詞，且通通以詞彙的原貌呈現（不加だ），而雖然其文法面上與本單元的「A＋と＋B（如果A成立的話，就B…）」相似，但是在本課的文法中即便A是名詞，因為「だ」是其表達條件，所以是不可或缺的。

　　在這項文法中，條件的部分除了肯定形以外，也可以使用否定形表述。例如說，「ご飯を食べないとお腹が空く（不吃飯，肚子就會餓）」，其A位置的條件部分用了「ご飯を食べないと」，看到「ない」自然條件的部分就是否定形了。

　　強調一下，表達結果的內容，**一定要是「肯定會發生的客觀結果、自然會發生的結果」**，若放置的是「自己可以決定的事」，那文法就發生錯誤囉！

跟讀練習

慢速 45-1A.MP3
正常速 45-1B.MP3

動詞

このスイッチを押すと、電気がつく。 按下按鈕後，電燈就亮起來了。

A：音が小さいね。 聲音太小了吧！
B：このつまみを右へ回すと、音が大きくなるよ。
把這個旋鈕向右邊轉，聲音就變大聲喲！

交差点を右へ曲がって、橋を渡ると、左に地下鉄の駅がある。
在十字路口向右轉，過了橋之後，就能在左邊看到地鐵站。

A：すみません、スーパーはどこですか。 不好意思，超市在哪裡？
B：ここからまっすぐ行って、信号を左へ曲がると、右にスーパーがあります。
你從這裡直走，在紅綠燈處左轉之後，就能在右手邊看到超市。

ご飯を食べないと、お腹が空く。 沒有吃飯，肚子就會餓了。

A：ちょっとこの部屋を見てもいいですか。
可以看一下這個房間嗎？
B：すみません。社員証がないと、この部屋に入ることができません。
不好意思，沒有識別證的話，不能進入這個房間。

い形容詞

こんなに大きいと、私の部屋に置くことはできない。
這麼大的話，不能放在我的房間裡。

この料理は温かくないと、おいしくない。
這道菜不溫熱的話就不好吃。

A：今日は天気が良いね。　　　今天天氣很好耶！
B：うん、天気が良いと、明るい気持ちになるね。
　　對，天氣很好，就心情也變開心。

な形容詞

仕事が暇だと、眠くなる。　　　工作一閒下來，就會很想睡。
使い方が便利じゃないと、あまり売れません。
如果使用方法不方便的話，就不會好賣。

A：説明はもっと詳しいほうが良いと思う。
　　我覺得說明內容要改得更仔細一點會比較好。
B：でも、複雑だと言いたいことがあまり分からないよ。
　　但是，如果說明得太複雑的話，就不太能明白想說的是什麼。

名詞

良い天気だと、外に遊びに行きたくなる。
天氣很好的話，我就會想要去外面玩。

この荷物は重いから、大人じゃないと持つことができない。
因為這件行李很重，不是成年人的就無法拿得動。

A：あの店のケーキはおいしいね。　　　那間店的蛋糕很好吃齁！
B：あの店じゃないと、あのケーキを作ることはできないね。
　　如果不是那家店的話，就無法製作出那種蛋糕呢！

❶ 初級文法基礎篇
❷ 初級文法延伸篇
❸ 進階文法基礎篇
❹ 進階文法延伸篇

📖 文法小提醒

本課的文法「**A＋と＋B（如果A成立的話，就B…）**」，在B的部分**只能必然性的結果**，也就是說，只能描述非人為能控制（無關於自己想要與否）的結果。

舉個例，我們有時候能在警匪片中看到這樣的場景。畫面中，警匪正在追逐，過程中匪徒持槍對著警察大聲喊叫說：「你別動。你一動我就開槍！」，這個場景，日語會說「動くと撃つぞ！」，為什麼會這麼說呢？因為在這個場景下，匪徒說的「ピストルを撃つ（開槍）」在日語的概念中，並不是自己能夠控制的動作，而是像一套運作的系統一樣，是經由對方（警察）的動作才決定會不會引發之故。

動くと撃つぞ！　　　　　　　　　你一動我就開槍！

子供だから、それ以上叱ると泣きますよ。
因為還只是個小孩子，如果你再繼續罵他，他就會哭哦！

田中さんは少し嫌なことがあると、すぐに怒る。
田中先生遇到一點點不開心的事，就會馬上生氣。

鈴木さんはお酒を飲むと、いつもすぐに寝る。
鈴木先生總是在喝了酒就馬上睡覺。

📖 進階跟讀挑戰

慢速分段　慢速連續　正常速連續
45-2A.MP3　45-2B.MP3　45-2C.MP3

❶ A：**田中さんが住んでいる町は雪が降りますか。**　　你住的城市會下雪嗎？

　B：**はい。冬になると、雪が降ります。**　　會，到了冬天，就會下雪。

❷ A：すみません、近くの郵便局までどうやって行ったらいいですか。
B：まっすぐ20分ぐらい行って、3つ目の交差点を左へ曲がると、右にありますよ。

不好意思，到附近的郵局應該怎麼走？

你直走大概二十分鐘，在第三個路口左轉後，在右邊就能看到了。

❸ 部屋がきれいじゃないと、誰かが来た時に恥ずかしいよ。

如果房間裡不乾淨，有人來的時候會感到不好意思喲！

❹ こんなに給料が少ないと、生活ができない。

薪水這麼少的話，日子就不好過。

46 條件、假設（二）

　　「A～たらB」跟前一課相同，也是屬於假設與條件的文法之一。在應用文法時，A的位置一般用動詞、形容詞及名詞接續，表示條件的成立，並在條件成立後，繼續發生B的內容的意思。此文法在日語中，意義上有兩種不同的細微差異，接下來會詳細解說。

　　首先，第一個作用在日文文法中稱為「仮定条件かていじょうけん（假定條件）」，在這個作用中，**A的內容為假設的情事，也就是說A的內容和實際上的情況並不一樣，但在符合A情況的前提下，進行B的動作**，即「如果A的話，就B…」的意思。在文法的應用層面上，可以與「もし（＋も）（如果）」搭配使用。舉個例子，我們看「もし（も）1億円いちおくえんあったら、家いえを買かう（如果有一億日圓的話，我就買房子）」這個句子，其語意也包括了「雖然我沒有一億日圓（內容和實際上的情況不同）」的含義，所以它只是一句假設的話，沒有實現的，故符合了「仮定条件」的概念。

　　此外，還有A的情況不一定會成立的含意。以「もし（も）明日あした晴はれたら出でかける」這句話為例，它是「如果明天天氣很好，我就會外出」的意思。句子中的「明天天氣很好」是真的嗎？還沒到明天，沒有人知道，所以這是屬於不一定會成立的假設。在文法的應用層面上，即使是指未來的時間點，一樣是用過去形的「～た＋ら」構成這個文法句型。那…分清楚了嗎？上一段舉的例子是明確跟實際狀況不同的假設、而這裡的例子是指不一定會成立的假設，這些都是歸屬在「仮定条件」的概念裡。

　　次之，「A～たらB」的第二個作用在日文文法中稱之為「確定条件かくていじょうけん（確定條件）」的用法。在這個用法中，**它強調的是某一個條件發生了，就會造就某一個結果，所以A的內容中不能表現出「如果」的假設語意**。以「春はるになったら桜さくらが咲さく（春天到了，就櫻花會開）」這句話為例，因為「春はるになったら（變成春天→春天到了）」並不是一種假設，而是一個明確會發生的狀況，而在此狀況的前提之下，就會造就出後面的「桜さくらが咲さく（櫻花會開）」的這件事。這是一個很「明確」的發展現象，所以歸屬在「確定条件」的概念之中。另外要注意，這個用法的不適合使用上一段提到的「もし（も）」。因為「もし（も）」是假設，而「春はるになっ

たら」是必然現象，如果把句子前半部內容改成「もし（も）春になったら」就會有種突然感覺春天不是一定會來的語氣，聽起來就怪怪的了。

所以簡單地總結一下，在「確定條件」用法中，「A～たらB」的A，是描述必然會發生的情況。

📖 跟讀練習

慢速 46-1A.MP3　正常速 46-1B.MP3

動詞（仮定条件）

もし（も）このパソコンが壊れたら、仕事ができない。
如果這台電腦壞掉，我就不能工作了。

もし（も）明日晴れたら、友達と出かける。
如果明天天氣很好，我就和朋友出門。

A：もし（も）来週仕事がなかったら、遊びに行きましょう。
　　如果下個星期你沒有工作的話，就一起去玩吧！

B：いいですね。ちょっと予定を確認します。
　　好啊，我確認一下我的行程。

い形容詞（仮定条件）

もし（も）暑かったら、出かけたくない。
如果天氣很熱，我就不想出門。

もし（も）高くなかったら、そのパソコンを買いたい。
如果不是很貴，我想要買那台電腦。

A：エアコンが壊れていますから、もし（も）寒かったら、コートを着てください。
　　因為空調壞掉了，所以如果你覺得很冷，請你把外套穿起來。

B：大丈夫です。寒くないですよ。　　沒關係，我不冷。

231

な形容詞（仮定条件）

<u>もし（も）</u>店員が失礼<u>だったら</u>、お客さんは来なくなる。
如果店員不禮貌，客人就不會來了。

A：旦那さんはとても親切な人だね。　你的先生是個很親切的人呢！
B：うん。<u>もし（も）</u>親切じゃ<u>なかったら</u>、結婚もしなかった。
　　對，如果他的人不親切的話，我也不跟他結婚。

名詞（仮定条件）

<u>もし（も）</u>お金持ち<u>だったら</u>、世界旅行をしたい。
如果我是有錢人，我想要環遊世界。

A：壊れたパソコンはもう直った？　壞掉的電腦已經修好了嗎？
B：うん。佐藤さんが直してくれた。<u>もし（も）</u>佐藤さんじゃ<u>なかったら</u>、直すことができなかったと思う。
　　對，佐藤先生幫我修理好了。我覺得如果不是他，應該就修不好了。

確定条件

駅に着い<u>たら</u>、電話をしてください。
到了火車站之後，就請打電話給我。
春になっ<u>たら</u>、桜がたくさん咲く。　一到了春天，櫻花就會盛開。
学校は12時になっ<u>たら</u>、昼休みになる。
到了十二點後，學校就開始午休。

📖 文法小提醒

　　我們來匯整一下，至今已經學過兩種假定文法，分別是「非過去普通形＋と（＝AとB）（如果A的話，就B…）」和「過去普通形＋ら（＝A～たらB）（如果A的話，就B…等）」。這兩者都是表示假定，而明確的差別在於B

可以描述的內容略有不同。

在「ＡとＢ」的句型中Ｂ的內容只能描述「自己不能控制的結果（與自己想不想要的沒有關係）」；相對而言，在「Ａ～たらＢ」的句型中，Ｂ的內容就沒有特別的限制，只要意思通順即可。

此外，再加強一下「Ａ～たらＢ」句型的概念，這個句型分成兩種概念，Ａ可以表示為「仮定条件」或「確定条件」。也就是說，條件敘述上不論是不是假設的，都可以；但是「ＡとＢ」句型中的Ａ僅只有提出條件而已，完全不包括有假設的含義。因此，在Ａ位置的內容沒有特別的限制，只要注意意思有沒有通順即可。

因此，有些句子用「ＡとＢ」或「Ａ～たらＢ」的句型都可以通用。

もし（も）台風が来たら、来週の試合は中止になる。
≒ 台風が来ると、来週の試合は中止になる。
如果颱風來了，下個星期的比賽就會中止。

この町は冬になったら雪が降る。
≒ この町は冬になると雪が降る。
這座城鎮，一到了冬天，就會下雪。

換另一角度來看，如果Ｂ的內容描述「與自己的想不想要有關係」的內容（例如：自己決定要做的動作、表達自己的想法、針對別人的請求…等），就不能使用「ＡとＢ」的句型。

もし（も）明日晴れたら、友達と出かける。
如果明天天氣很好，我就會和朋友外出。
《×》明日晴れると、友達と出かける。

もし（も）来週仕事がなかったら、遊びに行きましょう。
如果下個星期你沒有工作的話，就一起去玩吧！
《×》来週仕事がないと、遊びに行きましょう。

もし（も）お金持ちだったら、世界旅行をしたい。
如果我是有錢人的話，我想要去環遊世界。
《×》お金持ちだと、世界旅行をしたい。

📖 進階跟讀挑戰

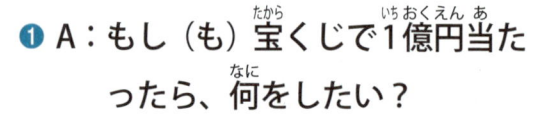

慢速分段 46-2A.MP3　慢速連續 46-2B.MP3　正常速連續 46-2C.MP3

❶ A：もし（も）宝くじで1億円当たったら、何をしたい？
　　B：おいしいものをたくさん食べに行きたい。

如果你中一億日圓的彩券，那麼你想要做什麼呢？

我會想要去吃很多好料的。

❷ もし（も）テレビがこの場所を紹介してとても有名になったら、にぎやかな観光地になると思う。

如果這個地方在電視宣傳後變得很有名的話，我覺得這裡應該會成為一個很熱鬧的觀光景點。

❸ A：来週の土曜日、天気が良かったらプールに行かない？
　　B：いいね。車で行く？
　　A：うん。私が車で迎えに行くから、家に着いたら電話するよ。
　　B：わかった。家で待ってるね。

如果下個星期六天氣很好的話，要不要一起去游泳池？

好啊，開車去嗎？

對，我會開車去接你。我到了你家後，就打電話給你喲！

好的，我知道了。那我在家裡等你。

47 條件、假設（三）

　　本單元要來說第三種的條件及假設。這個文法將會闡述的是「A～てもB」的句型，為「條件（假設）成立了，結果也不會改變」的概念，相當於中文的「就算…、即使…」。

　　這項文法**A的部分一樣可以通用於動詞、形容詞及名詞**。動詞應用時，依循動詞て形變化的規則，按動詞種類的不同把結尾分別改成「て」或「で」後再結合「も」變成「～て（で）＋も」即完成。而A的位置除了把動詞變化成「て形」表示肯定之外，也能夠表達否定意義，做法就是把「ない形」結尾的「ない」改成「なくて」即可。

　　接著是「い形容詞」，其作法簡單，把結尾的「い」替換「くて」就完成了，表達否定時把結尾的「い」改成「～くなくて」；而若是「な形容詞」和「名詞」表達肯定的時候，直接「で」接在詞彙之後。反之，表達否定的時候，也是直接在詞彙的後方接上「～ではなくて」完成。

　　說回「A～てもB」的意義，如前所述**其意義在於「不論A的條件有沒有成立，B的結果都不會改變」**。以「お金かねがあっても買かい物ものしない（就算有錢，我也不買東西）」為例，這句話中A位置的「お金かねがあっても（就算有錢）」裡，「有錢」的條件成立了，但並不改變「買かい物ものしない（不買東西）」的這個結果。有發現這個文法中逆接的成份了嗎？因為一般來說，錢就是用來消費的，所以「如果有錢的話，人們就會買東西」，所以當它與這項常理相反時，便可以看得出來這個文法同時帶有逆接的語氣。同時還是要注意這個句型的成立建立在邏輯上理所當然的情況時，例如說：「休みの日でも、私は仕事をしない（就算是假日，我也不工作）→（×）」，這個句子套用了「A～てもB」的句型後它就是錯誤的了。因為在邏輯上，休假本來就是要休息的，A處提到了在要休息的前提下，B處又強調了「我也不工作」，所以這句話就有點自相矛盾了。

　　所以比較之後便不難發現「A～てもB」是與「AとB（A的話，那就B…）」、「A～たらB（A的話，那就B…／A之後，就會B…）」是反義的文法。

此外，當動詞「て形＋も」和「～なくて＋も」的後面加「良い」的時候，就可以表示「就算做…也可以」或「就算不做…也可以」的意思。

※關於句型相近的另一個文法「容許」的應用，請參照㊸容許

📖 跟讀練習

動詞

お金がたくさんあっても、要らない物は買わない。
就算有很多錢，我也不要買我不需要的東西。

田中さんは若いから、夜寝なくても元気だ。
因為田中先生很年輕，他就算晚上沒睡，還是很有精神。

私は時間がなくても、寝る前にゲームをする。
我即使沒有時間，還是會在睡前打電動。

い形容詞

暑くても、外で遊びたい。　　就算很熱，也想要在外面玩。

給料が高くなくても、この仕事を続けたいです。
就算薪水不高，我還是想要繼續做這份工作。

な形容詞

貧乏でも、生活は楽しい。　　就算很貧窮，我的生活也很開心。

一人暮らしだから、好きではなくても家事をしなければならない。
因為我是一個人住，所以即使不喜歡做家事，還是要做。

名詞

ここは涼しいから、夏でもクーラーをつけなくてもいい。
因為這裡很涼，即使是到了夏天，也不需要開冷氣。

鈴木さんは夏ではなくても、海へ泳ぎに行きます。
即使不是夏天，鈴木先生也會去海邊游泳。

「～たら」VS「～と」「～ても」

A：このスイッチを押すと電気がつくよ。
　　一按下這個按鈕，電燈就會打開喲！

B：あれ？押しても電気がつかないよ。壊れて（い）る？
　　咦？按鈕我已經按了，但電燈還是沒開喲！是壞掉了嗎？

A：雨が降っても、試合はありますか。
　　即使下雨，還是有比賽嗎？

B：いいえ、雨が降ったら、ありません。
　　沒有喲，如果下雨的話，比賽就取消了。

A：雨が降ったら、試合はありませんか。
　　如果下雨的話，比賽就會取消嗎？

B：いいえ、雨が降っても、あります。
　　不是喔！即使是下雨了，還是會有比賽的。

A：仕事が忙しかったら、アニメを見ない？
　　如果工作很忙的話，你就不會看動畫嗎？

B：ううん。仕事が忙しくても、好きなアニメは見る。
　　不，就算我的工作很忙，我也要看喜歡的動畫。

A：交通が便利じゃなかったら、この家に住みたくない？
　　如果交通不方便的話，你就不想要住在這棟房子裡嗎？

B：ううん。交通が便利じゃなくても、この家に住みたい。
　　不，即使交通不方便，我還是想要住在這棟房子裡。

📖 文法小提醒

　　動詞的「ない形」有兩種「て形」變化的方式。一種是把結尾「ない」變成「なくて」，另外一種則是在「ない」的後面直接加「で」。而關於「就算不…」的這項文法，「～なくて＋も」和「～ないで＋も」這兩種變化都能使用。只不過後者的「～ないで＋も」是相當口語性且不標準的用法喲！

こんなに暑いと、動かなくても汗が出る。
（＝こんなに暑いと、全然動かないでも汗が出る。）
這麼熱的話，就算是不動，也會出汗。

兄は勉強しなくても、テストで100点を取る。
（＝兄は勉強しないでも、テストで100点を取る。）
我的哥哥就算沒念書，也能在考試中拿到100分。

この機械は使い方が簡単だから、説明書を読まなくても使い方が分かる。
（＝この機械は使い方が簡単だから、説明書を読まないでも使い方が分かる。）
因為這台機器操作方式很簡單，就算不看說明書，大家也都會知道(操作方式)。

　　此外，「い形容詞」的「～くなくて＋も」及「な形容詞」和「名詞」的「～ではなくて＋も」，結尾的「なくて」均不能替換成「ないで」。

高くなくても、この服は欲しくない。
就算不貴，我也不想要這件衣服。
《×》**高くないでも、この服は欲しくない。**

鈴木さんは周りが静かではなくても寝ることができる。
鈴木先生就算周遭不安靜，也能睡得著。
《×》鈴木さんは周りが静かではないでも寝ることができる。

📖 進階跟讀挑戰

慢速分段 47-2A.MP3　慢速連續 47-2B.MP3　正常速連續 47-2C.MP3

❶ 大変でも、出張の前にいろいろな準備をしなければならない。
就算是很辛苦，出差之前也需要做好各種準備。

❷ 今はスマホがあったら、レンタカーのお店に行かなくても、インターネットで車を借りることができる。
現在只要有智慧型手機，就算不去租車行，在網路上也可以租車子。

❸ A：給料が高くても、残業が多い仕事はしたくない？
需要常加班的工作，就算薪水很高，你也不想要做嗎？

B：ううん。給料が高かったら、残業が多い仕事でもしたい。
沒有，如果薪水很高的話，就算是要常加班的工作我也想做。

❹ A：ちょっと頭が痛いので病院へ行きます。すみませんが、風邪だったら会社を休んでもいいですか。
因為頭有點痛，所以我想要去醫院。不好意思，如果我是感冒的話，可以跟公司請假嗎？

B：風邪ではなくても、家でゆっくり休んでください。
就算你不是感冒，也請你在家裡好好休息。

台灣廣廈 國際出版集團
Taiwan Mansion International Group

國家圖書館出版品預行編目（CIP）資料

跟讀學日語文法/渡邊紘人著. -- 初版. -- 新北市: 語研學院出版社, 2025.07　面；　公分
ISBN 978-626-99160-6-1(平裝)

1.CST: 日語 2.CST: 語法

803.16　　　　　　　　　　　　　　114008917

LA PRESS 語研學院 Language Academy Press

跟讀學日語文法

作　　　者/渡邊紘人	編輯中心編輯長/伍峻宏・編輯/王文強
	封面設計/陳沛涓・內頁排版/菩薩蠻數位文化有限公司
	製版・印刷・裝訂/東豪・絃億・弼聖・秉成

行企研發中心總監/陳冠蒨
媒體公關組/陳柔彣
綜合業務組/何欣穎

發　行　人/江媛珍
法　律　顧　問/第一國際法律事務所 余淑杏律師・北辰著作權事務所 蕭雄淋律師
出　　　版/語研學院
發　　　行/台灣廣廈有聲圖書有限公司
　　　　　　　地址：新北市235中和區中山路二段359巷7號2樓
　　　　　　　電話：（886）2-2225-5777・傳真：（886）2-2225-8052
讀者服務信箱/cs@booknews.com.tw

代理印務・全球總經銷/知遠文化事業有限公司
　　　　　　　地址：新北市222深坑區北深路三段155巷25號5樓
　　　　　　　電話：（886）2-2664-8800・傳真：（886）2-2664-8801
郵　政　劃　撥/劃撥帳號：18836722
　　　　　　　劃撥戶名：知遠文化事業有限公司（※單次購書金額未達1000元，請另付70元郵資。）

■出版日期：2025年07月　ISBN：978-626-99160-6-1
　　　　　　　　　　　　版權所有，未經同意不得重製、轉載、翻印。

Complete Copyright © 2025 by Taiwan Mansion Publishing Co., Ltd.
All rights reserved.